〔西班牙〕贝纳文特 ◎ 著

张彩霞 ◎ 译

不该爱的女人

海峡出版发行集团
THE STRAITS PUBLISHING & DISTRIBUTING GROUP ｜ 海峡文艺出版社
Haixia Literature & Art Publishing House

颁奖辞

诺贝尔委员会主席　霍尔斯陶穆

哈辛特·贝纳文特把他天才的想象力主要运用在了戏剧上。看起来，是他自己的各种生活体验，引导着他在戏剧上有条不紊地发展。贝纳文特想象力非凡，对他来说，作品似乎就是生活体验的直接表达而已，别人不知道要花费多少精力，才能既写出同样深刻的作品，又能自由地抒发自己的感受。

贝纳文特能一直持续不断地进行戏剧创作，要归功于他完整的人格、周全平静的思维。他不只爱戏剧、爱剧场的环境，他对现实生活也一样热爱，把现实生活搬上戏剧舞台，是他一直希望，并且一直在做的事。他对生命的热爱不是盲目的，而是有批判性的。贝纳文特具有敏锐的观察力、丰富的智慧，他理性、冷静，不受外界影响，自己的想法和情绪也不会影响作品的客观性。然而他也绝不会让人感觉到不适。

基于此，贝纳文特的作品有一种突出的优点——优雅。在我们这个年代，能做到这一点的已经很少了，而在市场上人们也不关注这点。然而，优雅毕竟是一种可贵的特质，尤其当作者不费力气就能做到时，更能彰显作者力度把握之到位、修养之佳、艺术造诣之深。它体现在整个作品中，而这些不只赋予作品优雅的表象，更影响着作品的内涵及风格，影响着作品的结构及行文安排。

贝纳文特的情况就是这样的。他的作品取得的成就也许有高有低，但是都能体现出他敏锐、熟练的技巧和紧紧围绕主题的特点。他不显山露水、张弛有度地表达着主题。作品题材丰富诙谐，也许在程度上深浅不一，却都是纯粹的贝纳文特风格，丝毫没有杂乱的迹象。

文学写实一词，在常规上理解，一般指社会化的、沉重而平淡无奇的意思，为了讲述一个结果而努力。如果我们摒弃这些常规意义，那么贝纳文特的作品可以说是写实的，他的主要目的就是要体现生命的丰富多彩，体现剧中人物之间的矛盾、不同思想之间的矛盾，尽量真实地表现生活。但是，如果他写作的目的是引发人们的思索、解决矛盾、消除偏见、激发人们的同情心，那么为了不使这些和他所主张的真实客观的描写相矛盾，他必定是非常小心的，努力不因过度追求目标而影响作品的客观准确性。对一个剧作家来说，能够从事戏剧和舞台演出是非常幸运的事，但即使这个时候，他也格外谨慎。有时如果添加一些手段，就可以增强戏剧的节奏和情节，进一步调动观众的热情，但贝纳文特绝不肯这样做，不允许一些额外的东西影响了作品主题。他的戏剧天才是少见的，他能非常自如地把自己的想象力运用到舞台上，却又能摒除其他舞台剧的陋习。

他创作了大量的喜剧。西班牙语中喜剧的含义比别处要广泛得多，它包括结尾并非悲剧的中性戏剧，若结尾是悲剧，则称其正剧。贝纳文特的正剧中，最优秀的是《不该爱的女人》（1913）。除了这些喜剧，他也写了很多浪漫主义作品，有些作品充满着浓浓的诗意，有几部作品诗意的表达已经到了出神入化的地步。

然而，贝纳文特的创作重心仍是喜剧。就像上面说的，他的喜剧有严肃的正剧，也有结尾让人轻松愉快的真正的喜剧，他擅长创作短小精悍的喜剧，短篇喜剧已经是西班牙文学中一颗耀眼的明珠，他写起这种喜剧来得心应手，作品充满着他特有的机智、优雅，题材各式各样。贝纳文特可谓一代大师。这里我提几篇代表作：《小理由》（1908）、《爱情惊吓》（1907）、《请勿吸烟》（1904）。除此之外，还有许多优秀短篇作品，在这些作品里，贝纳文特巧妙不露痕迹地嘲讽着，诙谐自如地化解着人物间的冲突。

在贝纳文特的大型作品中，作者展现出来的社会事物让人惊叹，有农夫的生活，有城市各阶层的生活，有艺术家多姿多彩的生活，也有流浪艺人颠沛流离的生活。对于流浪艺人，贝纳文特描写时怀着一颗深刻的同情心，对他们的评价比别的群体的高得多。

但贝纳文特主要描写的还是上流社会，故事的发生地都是在马德里和摩拉利达。摩拉利达是贝纳文特虚构出来的一个镇，在他的作品里，摩拉利达总是阳光灿烂、风景优美，具有西班牙中部地区卡斯蒂利亚省的特点。在《喜剧演员们》（1897）中，野心勃勃的政治家来到摩拉利达，意欲争取民众的支持，实现自己那模糊不清的理想。在《州长夫人》（1901）中，狂妄自负的野心急欲施展自己的才能，在摩拉利达寻找用武之地。如果说马德里是太阳，摩拉利达就如一颗行星，被马德里照耀着、吸引着，同时也映衬着马德里。摩拉利达和马德里一起，构成了两个重要的喜剧元素。

而首都马德里这个城市的精神内涵，则通过剧中人物的命运来展现。无论是剧中还是现实生活中，人物的命运变迁、社会流行趋势及文化发展情况，都取决于社会阶层。贝纳文特对这些的描写是如此的有条不紊、丝丝入扣，一步步地为我们展开。他首先描写环境，以纷繁多彩的生活来衬托人物，赋予人物鲜明的性格。环境、人物等因素其实和戏剧中的道具一样，都是为剧情需要设置的，是无须刻意彰显出来的。戏剧因素的作用就是组成一幅幅画卷，画卷里有社会群体，也有个人特写，那里上演着一幕幕人间悲喜剧。我们可以这样形容，贝纳文特历尽艰辛创作了一面镜子，用既写实又艺术化的方式，让这面镜子映射出戏剧，来表现我们的人生。

后来，贝纳文特的作品更加紧凑、言简意赅，他描写的内容很简单，但戏剧冲突更加激烈，心灵描写也愈发丰富。同时，写作的目的性也变得明显，都只是围绕着一个戏剧核心。他所写的人物依旧是鲜活真实的，但有时对人物的刻画点到为止，对周围环境也只做些必要的描写，情节安排往往出乎意料，但一切看起来是如此的浑然天成，仿佛信手拈来，即成佳作。作品抽取的是现实中最典型、真实、自然的场景，读来每每让人感叹不已。这种写实的技巧并非从传统悲剧中习得，这种作品的写作目的也并非为了记述历史，只是要展现当下最真实的生活。

一般来说，贝纳文特剧本情节的安置不是故意抓人眼球，吊人胃口，而是想解决冲突。即使解决时要经历忧伤，但却能做到浑然天成，让人易于接受。他之所以能做得圆满，不是因为他灰心了，对世间一切产生了悲观消沉的情绪，而是因为对于应该妥协的地方，他明智地做出了让步。他剧中的人物经历着磨难，极力欲摆脱命运的束缚，被财富吸引着（超越别人，才能拥有财富），他们探索着、思考着这个世界，同时也反醒着自身，通过这种严谨的行为，他们把世界看得更清楚。最后，他们得到的最有价值的东西，不是激情，不是自我，而是广阔的精神世界。这种精神世界是伟大的，是自我和财富的依附点。有了它，自我和财富才有意义。贝纳文特这样写，并非他主张听天由命，他只是顺其自然地接受因果。我时间不多，就提一下他的三个别出心裁又简洁雅致的剧本吧：《征服灵魂》（1902）、《自尊》（1915）、《白色盾章》（1916），其他好多剧本也都同样有价值。所有这些剧本有一个共性——人道主义，这对一个尖锐的讽刺作家来说多么难得。他的表述客观、理性，作品结构优雅顺畅，文中所体现的感受力和洞察力是那么的鲜明，运用得那么恰如其分。他行文简洁，语调平静，这都源于他一贯的风格。

不过，即使再好的作品，不同民族的人读来，感受仍会有所不同。日耳曼族和拉丁族气质迥异，日耳曼族喜欢委婉的抒情作品，但拉丁族人偏向于在创作时表达明确、畅快的作品。在日耳曼族人看来，拉丁族的作品内部深层力量有所欠缺。当然，南部的人在评论我们自己的艺术时，同样会提出相对的观点。所以，我们需要用客观的态度来看待地域文化差异，接受它，并且欣赏它。

西班牙人贝纳文特在写作中，把描写社会和个人的喜剧搁置一边，而把更多的笔触放在更深层次的东西上，并且尝试着给我们这个时代所有的矛盾和愿望一个说法。由于文化的隔阂，我们可能不会像他的同胞那样，对他有更深刻的了解，从而更加欣赏他。《星带》（1915）和其他一些作品就是这种情况。

　　对于贝纳文特作品的艺术局限性，我没有提及，只是讲他的写作手法，以及这种手法在他的国家和年代所体现出来的优势。在我眼中，再也找不到别的剧作家的作品，能像他那样真实地体现出社会各方面的生活。他的作品内容都很简单，但都有深刻的意义，这样的作品是会一直流传下去的。西班牙的作品一向是爱憎分明、真实有力，而且生命力旺盛。它用喜剧的形式来反映社会，言语机智，让读者在愉快中领悟到深刻的现实意义。贝纳文特的作品就是典型的西班牙传统作品，它结构独特，既是现代喜剧的代表，又是古典西班牙文学的传承者。

致答辞

（贝纳文特没有正式的答谢辞）

目 录

不该爱的女人

（三幕剧）

剧中人物

雷蒙达　　　加斯帕拉

阿卡西娅　　埃斯特万

胡莉亚娜　　诺尔维尔托

唐娜伊莎贝尔　福斯蒂诺

米拉格罗丝　尤西比奥

菲德拉　　　贝尔纳维

恩格拉西娅　男女村民多人

这是发生在西班牙卡斯蒂利亚的一个村庄里的故事。

第一幕

景：在一个富裕农民家庭的客厅。

第一场

（雷蒙达、阿卡西娅、唐娜伊莎贝尔、米拉格罗丝、菲德拉、恩格拉西娅、加斯帕拉和贝尔纳维）

（幕布拉开时，只有唐娜伊莎贝尔坐在椅子上，其他所有的女人都站着，正在和四五个中青年妇女挥手道别。）

加斯帕拉 你们再坐坐吧；恭喜恭喜，雷蒙达。

贝尔纳维 祝贺，唐娜伊莎贝尔……恭贺你，阿卡西娅，希望你和你父亲一切都如愿。

雷蒙达 谢谢你们，再看情况吧。阿卡西娅，赶快去送送。

  众人 再见，再见。（一阵忙乱。加斯帕拉、贝尔纳维、阿卡西娅和村妇一起退出）

唐娜伊莎贝尔 贝尔纳维长得可真漂亮。

恩格拉西娅 去年可不是这个样子，真难以置信。

唐娜伊莎贝尔 听说她快要结婚了。

菲德拉 不出意外的话，是在圣罗克节那天。

唐娜伊莎贝尔 对村里的事，我总是后知后觉。我的那个家，真是一团乱麻……我整天陷在琐碎的事儿里。恩格拉西娅，你的丈夫好些了吗？

恩格拉西娅 时好时坏，真是烦透了。你们都知道，我们几乎不出大门，就连周末我们都很少去做弥撒。我苦点也还没什么，可我女儿就有些受不了了。

菲德拉 得得得！你们还犹豫什么呀？你们看到没，照我说今年可是个结婚的好年头。

唐娜伊莎贝尔 是的，这个姑娘真不错。可我不知道在哪能找到称心如意的郎君哦。

菲德拉 我敢说她不会当修女，迟早会成为新娘的。

唐娜伊莎贝尔 雷蒙达，你对这门亲事不上心吗？看你不是那么高兴啊。

雷蒙达 联姻嘛，总是让人感到心里没底。

恩格拉西娅 女儿嘛，我不知道该不该这样说，如果你不让她随心所愿地结婚，就像她会在挑选好的东西里面挑刺儿一样。

菲德拉 他们总不至于挨饿。这已经很不错啦。这事不可小觑。

雷蒙达 米拉格罗丝，你还不出去找阿卡西娅和小伙伴们，看你呆呆地站在那儿，多让人不舒服啊！

唐娜伊莎贝尔 看看，我这闺女就这样。

米拉格罗丝 好吧，我走啦。(退出。)

雷蒙达 要不再吃点点心，喝杯酒再走?

唐娜伊莎贝尔 谢谢您的好意，我已经吃饱了。

雷蒙达 你们吃呀，这没什么的呀。

唐娜伊莎贝尔 怎么在今天这样的日子里，阿卡西娅看上去没有想象中的那么开心，人家是来向她求婚的啊?

雷蒙达 这个死丫头，就是这副德性。大多数时候都让我没辙! 什么事也不说，一旦说起话来，你就没法听，她总是干一些让人意料不到的事。

恩格拉西娅 被娇生惯养坏了……还不是因为你没了三个儿子，只剩下她，你想想……如果她要天上的星星，她爸爸也会想办法摘下来。你也是差不多这么疼女儿……她爸爸去世后，孩子也就特别跟你亲，所以，她极不愿意你再婚。我看这姑娘的毛病就是老是嫉妒。

雷蒙达 我还能怎么办? 我倒是不想再嫁……可是我的几个兄弟可不是什么好人……谁都知道，如果没有男人来打理这个家，我们娘俩早就饿得要饭了。

唐娜伊莎贝尔 这是实话。一个寡妇单独过是没办法的，再说了，你丈夫去世的时候你还那么年轻。

雷蒙达 可是，这丫头会嫉妒谁，我一点都没有眉目。我是她妈妈，我俩谁会更爱她、更宠她，我也不知道。埃斯特万根本不像她的养父。

唐娜伊莎贝尔 就是，你们也没有再要一个孩子。

雷蒙达 不论去哪儿，他都不会忘记给她带点什么……对我都没这么好，我也不在乎。总之，她是我女儿，别人能那么疼她，我就对她更不知道怎么疼啦。可是，从小到大，她都没有亲他一下。可能你们都不相信，我很少打她，可是为这事打了几次。

菲德拉 不管大家说什么，可是我总觉得你女儿爱的是她表哥。

雷蒙达 你说的是诺尔维尔托吗？可是他一夜之间变心，然后和她分了。关键是，没有人知道他俩究竟出了什么事情。

菲德拉 我也是这么想，我们都不知道底细，但总是有点儿什么。

恩格拉西娅 她有可能把表哥给忘了，但是人家可时时挂念她呢。不然怎么一听到未来的新郎和他父亲来向你女儿求婚，他大清早就跑到贝罗卡莱斯去了。见过他的人说他心事重重的样子。

雷蒙达 关于这件事，埃斯特万和我，我们连半句话也没跟她说过。是她决定不和诺尔维尔托好的。你们都知道，他们很快就是订婚的人了，忽然地又和福斯蒂诺一起了。他一直喜欢她，一点都不假……他父亲同埃斯特万关系一直非常密切，两人无论是在政治上还是选举上都一直相互支持。每次我们在圣母节或其他之后的一些日子去恩希纳尔，有时候是他们到这儿来，这个年轻人见到我的女儿总是不知如何是好的样子。不过，他知道阿卡西娅和她表哥好，所以也从来没说什么……直到她忽然因为什么和表哥吹了，他一直什么都不说。这以后嘛，知道阿卡西娅同她表哥没关系了，福斯蒂诺的父亲找了埃斯特万，埃斯特万对我说了，我去找女儿，她也没反对。这样她就要嫁过去了，如果她还不满意，那可真是没有办法了，我们顺着她，她没有理由不满意。

唐娜伊莎贝尔 肯定会的。没什么可挑的了，小伙子一表人才，性格也不会错的。

恩格拉西娅 那倒是。这儿都把他当作本村人看待，虽然事实上不是本村的。但是住得那么近，他们家又是名门望族，谁都不会把他当作外人的。

菲德拉 尤西比奥大叔要是愿意，这边的土地比恩希纳尔的地还多啊。

恩格拉西娅 就是。你稍微算一下，马诺利托大叔的地全归了他，再加上两年前买下的。

唐娜伊莎贝尔 那他们家可就成了这一带最有钱有势的人了。

菲德拉 你可说对了。虽然他们弟兄四个，但是每个人都拥有一笔数目不小的财产啊。

恩格拉西娅 女方的家庭也不是让人小瞧的。

雷蒙达 但是她是她，什么也别想带走。埃斯特万可是在她爸爸留下的那点产业上费尽了心血，她亲爸爸在生前也没有那么苦心经营那份产业。（传来晚祷的钟声。）

唐娜伊莎贝尔 我们祷告吧。（几个人同时默默祷告。）雷蒙达，我们该回家了，我得早点儿给特莱斯福罗做晚餐去。唉，说起晚餐，他什么东西都几乎吃不下。

恩格拉西娅 这么说来，我们也应该走啦，你觉得呢？

菲德拉 是该走了！

雷蒙达 如果你们方便的话，就留下来一起吃晚餐吧……但是唐娜伊莎贝尔呢，我就不挽留了。她丈夫有病在身，她是必须赶回去照顾他的。

唐娜伊莎贝尔 谢谢理解，要是真不回的话，家里不知道要乱成什么样子呢。

雷蒙达 但是未来的新郎官应该留下来吃饭吧?

唐娜伊莎贝尔 不留了,夫人,他们父子要回恩希纳尔呢,天黑之前要走。不能让赶夜路,而且这几天没有月光,路上太黑了……我已经因为他们耽搁太久而心里有愧了。这天儿已经短了很多,你看这一下子就天黑了。

恩格拉西娅 他们来了。我们也必须得走了!

雷蒙达 那好吧。

第二场

(阿卡西娅、米拉格罗丝、埃斯特万、尤西比奥、福斯蒂诺、唐娜伊莎贝尔、雷蒙达、恩格拉西娅、菲德拉、加斯帕拉)

埃斯特万 雷蒙达,尤西比奥大叔和福斯蒂诺这就走了。

尤西比奥 我们要赶在天黑之前回到家。这几天雨水太多了,路上烂得简直没法走。

埃斯特万 他们家里真是乱套了。

唐娜伊莎贝尔 未来的新郎官怎么说?他都不记得我啦,我们差不多五年没见了。

尤西比奥 你认识唐娜伊莎贝尔吗?

福斯蒂诺 我认识她,先生。我非常愿意为您效劳。我还以为您不记得我了呢。

唐娜伊莎贝尔 是的,我丈夫那时候是村长,这么快就五年了。在那年的圣罗克节上,可把我吓了个半死,你当时遇上了一头公牛,我们都觉得你必死无疑了!

恩格拉西娅 也就是在那一年,欧多克西娅的丈夫胡利安受伤了,很重。

福斯蒂诺 我记得很清楚,太太。

尤西比奥 而且回家以后喝了个烂醉……该喝……

福斯蒂诺 总归是年轻嘛!

唐娜伊莎贝尔 我觉得我说什么都多余了,你找的可是我们村最优秀的人啊。当然了,我挑的小伙子也差不到哪里去。我们这就走啦,你们谈你们的事情去吧。

埃斯特万 该谈的都已经谈妥了。

唐娜伊莎贝尔 我们走吧,米拉格罗丝……

埃斯特万 我叫她留下来和我们一起共进晚餐呢,她没敢跟您说。让她今晚留下吧,唐娜伊莎贝尔。

雷蒙达 一定要让她留下来,吃完饭贝尔纳维和胡莉亚娜送她回去。如果乐意,埃斯特万也会送送她。

唐娜伊莎贝尔 不麻烦了,我们派人来接吧。阿卡西娅都这么说了,就盛情难却了。

雷蒙达 可不是,他俩可有说不完的悄悄话呢。

唐娜伊莎贝尔 祝愿你们开心快乐,尤西比奥大叔、埃斯特万。

尤西比奥 一路走好,唐娜伊莎贝尔……替我向您的丈夫问好。

唐娜伊莎贝尔 谢谢,我一定转告。

恩格拉西娅 上帝保佑您,路上小心。

菲德拉 希望一切遂心……(所有的女人一起退出。)

尤西比奥 唐娜伊莎贝尔好年轻啊!算来,她和我差不多年纪。正应验了那句俗语:年轻貌美,到老不衰……唐娜伊莎贝尔在当年也是很漂亮的姑娘。

埃斯特万　坐会儿吧，尤西比奥大叔。有什么可急的呢？

尤西比奥　不用麻烦了，我们得赶紧走啦，天已经黑了。您不要送我们了，下人们会来接应我们的。

埃斯特万　我只送你们到河边嘛！就权当散散步啦。（雷蒙达、阿卡西娅和米拉格罗丝上。）

尤西比奥　你俩还有没有话说，赶紧说吧。

阿卡西娅　我们已经说完了。

尤西比奥　还嘴硬！

雷蒙达　好啦，尤西比奥大叔，不要开这姑娘的玩笑了。

阿卡西娅　非常感谢。

尤西比奥　看这姑娘说的，有什么可谢的呢！

阿卡西娅　我十分喜欢那些首饰。

尤西比奥　我只是随便买的。

雷蒙达　乡下的女人能有那样的首饰已经有些过了。

尤西比奥　一点都不过！小小的心意而已。照我看，即使把托莱多城的圣体盒里所有的宝石都送给她都不多呢。赶快向你的丈母娘说声再见吧。

雷蒙达　过来啊，孩子，我只有好好地待你，才能宽恕你把我最心爱的女儿带走。我可只有这么一个宝贝女儿呀！

埃斯特万　好啦，就这样吧……看看孩子，都哭得什么样子了。

米拉格罗丝　你看看你！……阿卡西娅。（也跟着哭了。）

埃斯特万　看看，看看，又哭了一个！

尤西比奥　不要哭了……又没有死人。结婚应该是皆大欢喜的事，应该高兴才对，等一些时日再见吧。

雷蒙达　一路走好，尤西比奥大叔。告诉胡莉亚娜，今天这个喜庆
的日子，她没来，我不会有所抱怨的。

尤西比奥　你也知道，她眼睛不好。本来应该备一辆车来的，可是，
贝罗卡莱斯的那个坡陡，简直会把牲口活活累死的。

雷蒙达　替我们问候她，希望她早日康复。

尤西比奥　我替她谢谢您。

雷蒙达　走吧，走吧，天已经黑了。（对着埃斯特万）会耽误很久吗？

尤西比奥　不用送我们了……

埃斯特万　没关系的！我就送你们到河边，你们也不要等我吃饭了。

雷蒙达　一定得等。像今天这样喜庆的日子，我们怎么能不在一起
吃饭呢？晚一点没关系，我想米拉格罗丝也不会抱怨的。

米拉格罗丝　是的，太太，没事。

尤西比奥　请留步吧！

雷蒙达　我们就送到门口吧。

福斯蒂诺　对了，我还有一句话要对阿卡西娅说……

尤西比奥　你看，差点留到明天了。你们都谈了整整一天啦！

福斯蒂诺　是这样的……有时候是想不起来，有时太吵太闹的……

尤西比奥　什么话赶紧说吧……

福斯蒂诺　说实话没什么可说的……就是早上从家里出发的时候，
我妈妈叫我把这个披肩当作礼物送给阿卡西娅，这是我们村的
修女做的。

阿卡西娅　太漂亮了！

米拉格罗丝　是箔绣啊！上面还有加尔默罗圣母像呢！

雷蒙达 这丫头可没有那么虔诚！替我谢谢你妈妈。

福斯蒂诺 这条披肩是经过神父祝福的……

尤西比奥 就这样吧，你的事情办完了。还真是差点又把这条披肩给带回去了，如果那样的话，不知道你妈妈怎么唠叨呢！你可真够笨的，都不知道像谁了……

（全部的人同时退出。持续一段时间，这期间舞台上没有人，慢慢变暗。雷蒙达、阿卡西娅和米拉格罗丝重新回到舞台上。）

雷蒙达 耽搁太久啦，看天都黑了……丫头，怎么样，你高兴吗？

阿卡西娅 您不是都看见了？

雷蒙达 我就知道你会这么说。看见了……可谁能知道你的心里想的是什么？

阿卡西娅 我仅仅是觉得太累了。

雷蒙达 也是，我们都忙了一整天了！从早上五点到现在，我们就没有闲过一会儿。

米拉格罗丝 每个人都来向你送上祝福。

雷蒙达 是啊，差不多全村的人都来了，神父先生是第一批。我嘱咐他做个弥撒，给穷人分上十个面包。在这样一个日子里，应该不能把任何人忘记。感谢上帝，咱们什么都不缺！蜡烛在那里吗？

阿卡西娅 妈妈，是在这儿。

雷蒙达 你就点上吧，黑漆漆的，真让人感到不舒服。（大声地叫。）胡莉亚娜！胡莉亚娜！去哪儿了？

胡莉亚娜 （从后台，似乎是在院子里。）有什么事？

雷蒙达 把笤帚和簸箕拿来。

胡莉亚娜 （从后台，似乎是在院子里。）好的，这就来了。

雷蒙达 我要去穿一条裙子了，应该不会有什么人来了。

阿卡西娅 我是不是应该把衣服换了?

雷蒙达 你就没有必要去了，任何心都不用操，好好过开心日子吧……

（胡莉亚娜上台。）

胡莉亚娜 是在这儿要我打扫吗?

雷蒙达 不必了。把笤帚放在那儿就行了。把那里的东西全部清扫掉，该洗的都拿去洗了，然后放到碗橱里。小心那些杯子，那玻璃特别薄。

胡莉亚娜 我能吃块点心吗?

雷蒙达 吃吧，吃吧! 我知道你嘴巴馋!

胡莉亚娜 可不是，我妈妈的这个女儿那，好东西都还没有享用过呢。今天又是送酒，又是送饼，那么多的人，让我忙了整整一天……今天可算是见识了这个家在这个村里的地位了，像尤西比奥大叔，他可是个厉害人物。可想而知，到办事儿那天不知道怎么热闹呢。我知道，谁会送你一盎司金，谁又会送你绣花丝床罩。床罩上绣的花可真漂亮，像真的一样，让人忍不住想摘下来。那一天肯定是个热闹非凡的日子。感谢上帝! 有欢笑，也会有泪水，我就是头一个。我不敢说我像你妈妈，任何人都是不能同母亲相比的，可是除了你妈妈外……这个家对我来说非同一般，一想到我那死去的女儿，我的宝贝女儿啊! 她就那样……就像你现在一样……

雷蒙达 好啦，胡莉亚娜，快收拾东西，不要烦我。我们已经够烦的啦!

胡莉亚娜　我没有成心让人心里难受……这两天也不知怎么回事，好事坏事统统涌上心头。本来应该高兴，却反而更难过……你别说我，我本不想提起她过世的父亲，上帝保佑! 他要是能等到今天可该有多好啊! 他可是把这个女儿看成是心肝啊。

雷蒙达　你就不能不说吗?

胡莉亚娜　不要凶我，雷蒙达! 不要对我就像对家里的一条忠实的狗那样。其实你最清楚，对这个家、对你和你女儿来说，我就是一条忠实的狗，一直都忠贞不贰。谁都知道，按理来说，吃你家的饭；按人情来说……（退下。）

雷蒙达　这个胡莉亚娜啊! ……她说得也有道理，她确实像条忠实的狗，对这个家没有二心。（开始扫地。）

阿卡西娅　妈妈……

雷蒙达　孩子，怎么啦?

阿卡西娅　能不能给我这只柜子上的钥匙? 我想给米拉格罗丝看点东西。

雷蒙达　拿去吧。你们先待在那儿，我去看看饭做好了没。（退下。）

（阿卡西娅和米拉格罗丝盘腿坐下来，打开柜子下面的抽屉。）

阿卡西娅　看看这副耳坠，是他送的……我说的是埃斯特万……趁我妈这会儿不在我才说，她总是想让我叫他爸爸。

米拉格罗丝　他很爱你啊。

阿卡西娅　是的，可是爸爸妈妈都只能有一个……看看这些头巾，也是他从托莱多给我带来的，这上面的字是修女们绣的……还有这些明信片，看看多精致。

米拉格罗丝　这几个女人真漂亮！

阿卡西娅　你知道吗？她们是马德里和法国巴黎的演员……看看这几个孩子，多可爱……这个盒子也是他送我的，当时里面装的是糖。

米拉格罗丝　那你还说……

阿卡西娅　我什么也没说。我知道他爱我，可是我宁可只和妈妈单独生活。

米拉格罗丝　所以你妈妈因此对你有些不满。

阿卡西娅　叫我如何知道！她对他简直是盲目崇拜。我不知道，要是她必须在我和那人之间做出选择……

米拉格罗丝　你说什么呀！你看你现在都要结婚了，要是你妈一直守寡，孤零零地丢下她一个人你忍心啊。

阿卡西娅　如果只有我和妈妈生活，你以为我还会嫁人吗？

米拉格罗丝　行啦！你不会嫁人？可还不是和现在一样。

阿卡西娅　没那事儿。还有哪个地方能比我跟妈妈住在这所房子里更自在吗？

米拉格罗丝　你错了。人们都说，你继父待你很好的，对你妈也很好。不然的话，村里人怎么都这样说……

阿卡西娅　他是不错，我没有什么可挑剔的。不过，要是我妈没改嫁，我肯定不会嫁人。

米拉格罗丝　你猜我在想什么？

阿卡西娅　什么？

米拉格罗丝　人们都说你根本不爱福斯蒂诺，而是爱诺尔维尔托。看来是真的。

阿卡西娅 没有。叫我怎么爱他！尤其是他对我那样以后。

米拉格罗丝 可大家都说是你先跟他分手的。

阿卡西娅 是我！要不是他使我那样……反正我不想再提这事儿……不过，人们根本不知道真相，和以前我对他的感情相比，现在我更爱福斯蒂诺。

米拉格罗丝 应当这样。不然你的婚姻就是个错误。诺尔维尔托今天一大早就离开了村子，你知道吗？如此看来，他今天是不想待在村里。

阿卡西娅 对他来说，今天和过去能有什么不同呢？看，这是他写给我的最后一封信，然后我们就分了……我已经不想再见他了……真是神经，干吗还要留着信……我现在就把它撕了。（撕碎信件。）哼！

米拉格罗丝 你发了好大的火啊！

阿卡西娅 就单单因为那上面说的话……我也要把信烧了……

米拉格罗丝 小心可别引起大火！

阿卡西娅 （打开窗户。）扔到街上，让风吹走。结束了，彻底结束了！……外面好黑呀！

米拉格罗丝 （也走到窗口。）真让人感到恐惧，看不到月亮，连星星都看不见一颗……

阿卡西娅 你有没有听见什么？

米拉格罗丝 是不是突然的关门声。

阿卡西娅 像是枪声。

米拉格罗丝 胡说！都这个时候了，谁还会放枪？除非哪儿着火了，但是看不见一点火光的影子啊。

阿卡西娅　吓死我了，你不信啊？

米拉格罗丝　这又何必呢！

阿卡西娅　（立即向门边跑去。）妈妈，妈妈！

雷蒙达　（在外面。）出什么事啦？

阿卡西娅　难道您什么也没有听见吗？

雷蒙达　（在外面。）听到了，我已经叫胡莉亚娜去打听啦……别怕。

阿卡西娅　啊哟，我的妈妈！

雷蒙达　不要害怕！孩子，我这就来了。

阿卡西娅　刚才好像是枪响，是枪响。

米拉格罗丝　就算是枪响，也不会有事的。

阿卡西娅　上帝保佑！（雷蒙达上场。）

雷蒙达　吓到了吗？不会有事的。

阿卡西娅　妈妈，您看起来也有点惊慌啊……

雷蒙达　看到你……突然那么一下，你爸爸刚好在外面，我确实是
　　　　吓着了……不过又没有什么理由让人担心。不会出事儿的……
　　　　别出声！听！好像谁在外面讲话？哎哟，圣母啊！

阿卡西娅　啊呀，妈妈！

米拉格罗丝　他们在说些什么呀？在说什么？

雷蒙达　你待着别动，我去看一下。

阿卡西娅　妈妈，您不要去。

雷蒙达　天知道是怎么了，我总觉得……我亲爱的埃斯特万啊，你
　　　　可千万不要有什么闪失啊！（退下。）

米拉格罗丝　下面好多人啊……可是，我们根本听不清他们在说什么。

阿卡西娅　出事了，出事了。上帝啊，我想到哪儿去了！

米拉格罗丝　我也胡思乱想了，可我不想跟你说。

阿卡西娅　会发生什么事啊？

米拉格罗丝　我不愿意说，也不想说。

雷蒙达　（在外面。）圣母加尔默罗！真悲惨啊！那可怜的母亲要是知
　　道儿子被人活活打死了，可该怎么活啊！唉，真让人不敢想！
　　真不幸，大家都跟着倒霉啊！

阿卡西娅　知道了吗？……妈妈她……妈……妈！

雷蒙达　孩子，你可不能出来！进去就行了！（雷蒙达、菲德拉、恩
　　格拉西娅和几个村妇一起上。）

阿卡西娅　到底是怎么回事？出什么事了？死人了，是吧？准是死
　　人了。

雷蒙达　我的宝贝女儿！福斯蒂诺，是福斯蒂诺啊！……

阿卡西娅　什么？您说什么？

雷蒙达　有人在村口拿枪打死了福斯蒂诺。

阿卡西娅　是谁，妈妈！是谁这么狠心？

雷蒙达　不知道……没人看见……不过，大家都说是诺尔维尔托；
　　这下子，咱们大家都跟着倒霉啦！

恩格拉西娅　除了他还能有谁。

众女人　肯定是诺尔维尔托！……诺尔维尔托！

菲德拉　法院的人已经来啦。

恩格拉西娅　会把他逮捕的。

雷蒙达　阿卡西娅，你爸爸来啦。（埃斯特万上。）亲爱的埃斯特万！
　　究竟是怎么回事？你知道了吗？

埃斯特万　我能知道什么？还不是和你们一样一头雾水……你们好

19

好地待在家里。村里的事不要过问。

雷蒙达　这让他父亲怎么接受啊！还有那母亲，早上还看见儿子活蹦乱跳地离开家，抬回去却已经死了，是被枪打死的，可让她怎么受得了！

恩格拉西娅　即使吊死那个家伙也不足以解人心头之恨啊。

菲德拉　应当把他带到这里来处决掉。

雷蒙达　我想见见这个可怜的孩子，埃斯特万；先别让人抬走……还有阿卡西娅，他几乎要当她的丈夫啦。

埃斯特万　不要着急，会有机会的。今晚你们都不要离开这儿，我已说过了。现在是法院处理事情，就算是医生、神父也都帮不上忙。但是我得过去，他们需要我们作证。（埃斯特万下。）

雷蒙达　你爸爸说得对。咱们还能做什么呢？除了替他的灵魂祷告……还有那位可怜的母亲，叫我如何忘得了她……不要这样，孩子，你这样叫我更担心，还不如你大哭大叫呢。唉！今天早上谁会料到出这种悲惨的事呢？

恩格拉西娅　听说他的心脏都给打破了。

菲德拉　一下子就从马背上滚了下去。

雷蒙达　这个村子太罪孽了，竟然会出现如此凶残的人！更罪孽的是，竟然就是咱们的亲戚！

加斯帕拉　到底是谁还不好说呢。

雷蒙达　这很明显，还能有谁？大家都这么说……

恩格拉西娅　大家都说了，肯定是诺尔维尔托。

菲德拉　是诺尔维尔托，绝对是他。

雷蒙达　米拉格罗丝，去把圣母像前的灯点起来吧，咱们为他念一段玫瑰经，反正除了为他的灵魂祷告祷告，我们什么事也干不了。

加斯帕拉　愿上帝原谅他！

恩格拉西娅　可惜他没来得及忏悔就被害死了。

菲德拉　他的灵魂因此要受苦的。上帝宽恕我们吧！

雷蒙达　（对米拉格罗丝。）你来带领我们开始吧，我累得都没法祷告了。那位可怜的母亲，可怜的母亲！（众人开始祈祷。）

〔幕落〕

第二幕

景：一个农民家庭的门厅。舞台最里面是一扇对着田野的大门，门两边的窗口带着铁栅。舞台左右两边各有一扇门。

第一场

（雷蒙达、阿卡西娅、胡莉亚娜和埃斯特万。埃斯特万坐在桌边正吃午饭。雷蒙达也坐在桌边，给埃斯特万夹着菜。胡莉亚娜进进出出端菜。阿卡西娅坐在窗边的一个小凳子上做针线活，旁边放着一个装着白色衣服的针线筐）

雷蒙达　不想吃东西？

埃斯特万　没有，夫人。

雷蒙达　你几乎没吃东西。要他们再做点什么吗？

埃斯特万　不用担心。我吃饱了。

雷蒙达　有话说出来，不要憋着！（大声喊道。）胡莉亚娜，端点水果。

你心里肯定有难受的事。

埃斯特万　没有什么!

雷蒙达　我还不清楚你。我说你不应该回村里去的。想必是听到人家说东道西啦。本来早就说好,到索托来就是为了离开村子几天,可是今早你一声没吭地就到村里去了。有什么事非得去吗?

埃斯特万　我想……我想和诺尔维尔托父子谈谈。

雷蒙达　行啊,派个人去说一声,他们就会过来。你可以少跑一趟,免得听一些不该听的话。我知道村里议论纷纷的。

胡莉亚娜　可是我们躲在这儿什么人不见也无济于事。索托本来就是这方圆的中心,只要是经过的人,就没有不在这儿坐坐、打听和传播闲言碎语的。

埃斯特万　那你的意思是,你肯定也会和每个人说闲话喽。

胡莉亚娜　这你就错怪我了,我可是和谁都不搭腔的,今儿个早上我还说了贝尔纳维呢,说她和几个从恩希纳尔来的人说了不该说的话。不管谁从我这里得到什么,我都坚持我一向的原则:问得越多,我反而应得越少;假若什么都不问,也许我还说上几句。这是我妈妈告诫我的,很受用。

雷蒙达　行啦,不用说了。你可以进去了。(胡莉亚娜下。)村子内是怎么说的?

埃斯特万　说是……尤西比奥大叔和他的儿子发誓要杀了诺尔维尔托。他们坚决反对法院那么轻易饶了他。说不准有一天,他们父子就来咱们村闹出事端。现在村里人已经有了两种截然不同的看法:有人站在尤西比奥大叔这边,坚持人肯定是诺尔维尔托杀的;另有一些人认为不是诺尔维尔托,法院能放他出来,就说明有支持的证据证明他是无辜的。

雷蒙达　我想应该是这样。谁也没有证据证明他有罪，不管是福斯蒂诺的父亲还是他们的下人，连你都不能，你们可是当时都在现场的人。

埃斯特万　是的，那时我和尤西比奥大叔正在点烟。而且，我俩都开心得有些傻样了。我想炫耀一下打火机，可是打不着火。这时尤西比奥大叔掏出火石和火绒，笑得前仰后合的，他说："得了，你用你的打火机点，尽情炫耀炫耀你那昂贵不实用的玩意儿；我还是用这个吧，可以尽情……"事情就出在这儿，我俩说说笑笑，结果落在了后面，枪响以后赶过去时，连凶手的影子也没了。更让我们恐惧的是，孩子死了，人家要是也想把我俩打死，那样我们连自己怎么死的都不知道。（突然阿卡西娅站起来要走。）

雷蒙达　孩子，要去哪儿？看你六神无主的样子。够吓人的！

阿卡西娅　你们就不能不老谈这个。你们都把这事当成了嗜好！你们有没有算过讲过多少次了，这样你们就知道我没有必要听这个。

埃斯特万　说得也是……我根本不想说这事，你妈妈总是唠叨个没完。

阿卡西娅　我也数不清梦见过多少次……如果是以前，即便我是一个人在黑暗中也都不怕，可是现在，大白天的我也感到恐惧……

雷蒙达　不单单是你，我也害怕，白天黑夜地害怕，搞得我都休息不好。我并不算胆小的人，半夜三更地上坟地我都不会在乎，即便没有星星没有月亮。可是现在任何时候都会让我心惊肉跳，有声音怕，没声音也怕……而且事情又有了变化：原来大家都认为诺尔维尔托是凶手。因为他是我们的亲戚，我们也只好跟着倒霉运，丢人现眼，换句话说，既然已经没辙了，那就……怎么说好呢！我已经认了……总之，他要这么干肯定有他的理由。可是现在……既然不是诺尔维尔托，咱们也搞不明白到底是什么人，为什么要杀那个可怜的孩子。我都没法静下来。不是诺尔维尔托，还有谁会恨他呢？也许是结了什么仇，也许是他父亲的仇人，谁知道呢……谁知道，也许是冲着你来的，因为晚上天黑，搞错了也未可知。如果真是这样，一次没有得手，还会有第二次，所以……一句话，我整天坐卧不安，每次你到那边去，我都提心吊胆的……像今天，总等不到你回来，我差点儿都回村找你了。

阿卡西娅 您竟然都出去了。

雷蒙达 可不是呀。刚到坡前面，就看见你已到磨坊附近了，还有鲁维奥跟着，我就赶紧回来，怕你说我。我知道你不同意，我真想跟着你，寸步不离，不然我就不能安心。这种生活太煎熬了。

埃斯特万 我不会怕有人害我。因为我从没亏待过别人。走到哪里，我都不怕，白天夜里都不会害怕。

雷蒙达 要是以前我也这么想，谁也不会跟咱结怨……我们帮过那么多人。不过，只要有一个人，只要有一个人想打歪主意，就足够了。我们怎么知道是否有人要害我们而又没发觉呢？有了第一次，就可能有第二次。法院放了诺尔维尔托，是因为没有逮捕他的罪证……我当然高兴。难道我不该高兴吗？他可是我姐姐的孩子，最爱的姐姐的孩子……而且我根本就不相信诺尔维尔托会那么穷凶极恶，会干出杀人的事儿……暗中杀人！不过，事情结束了吗？法院现在在干什么呢？为什么不去调查？为什么没人出来发表声明？总会有人知道，总该有人看见那天谁在那儿，看见谁在那条路上晃来晃去……如果不是因为这事是杀人案，每个人都会说这样那样，不用打听就一清二楚；可是到了关键时刻，谁都说不知道，什么也没看见……

埃斯特万　好啦！有什么好奇怪的？不是丑事，何必隐瞒；心怀鬼胎，才要躲闪。

雷蒙达　那你觉得会是谁呢？

埃斯特万　我？说真的……我和很多人说的那样，认为是诺尔维尔托，如果不是他，我就不敢随便怀疑了。

雷蒙达　还是跟你说吧，我知道你会骂我，你知道我打算怎么做？

埃斯特万　直接说吧……

雷蒙达　我想和诺尔维尔托谈谈。我已经派贝尔纳维去找他了，可能已经快来了。

阿卡西娅　您要跟诺尔维尔托谈谈吗？您能从他那得到什么呢？

埃斯特万　是啊。你以为他会给你什么信息呢？

雷蒙达　我不知道！我只知道他不会骗我。我就求他，要他看在他妈妈的分上，把所有的事情都告诉我。即使是他干的，我也会让他放心，我是绝对保密的。胆战心惊的日子我已经过够了。

埃斯特万　要是人真是诺尔维尔托杀的，你以为他真会老老实实地告诉你吗？

雷蒙达　我只要听听他说话，就已经心满意足了。

埃斯特万　你看着办吧，不过，要是别人知道他来这儿，会有更多的议论。再说了，今天尤西比奥大叔也来，如果他俩碰到一起就……

雷蒙达　不会的，他们不是同一路，因为方向不同……到了我们这儿，房子那么多，注意一下不会有事。（胡莉亚娜上。）

胡莉亚娜　老太爷……

埃斯特万　有什么事儿？

胡莉亚娜　尤西比奥大叔快来了，我来向您通报一声，以防您不想见他。

埃斯特万　我不想见？怎么这么说？他早该到了。千万留心，别让那个人……

雷蒙达　他再着急……

埃斯特万　谁说我不想见尤西比奥大叔来着？

胡莉亚娜　您别怪我，不是我自己多嘴。是鲁维奥说的。他说您不想见尤西比奥大叔，因为他对您在法官面前反对他十分生气。就是因为这个，他们才放了诺尔维尔托。

埃斯特万　我要去找鲁维奥，让他讲清楚是谁让他胡说八道的。

胡莉亚娜　还有事儿你也跟他说说，好长时间了，他总对我们指指点点的。像今天也是，如果我说错了，求上帝原谅，不过，我觉得他是喝醉了。

雷蒙达　这不行。一定得找他。

埃斯特万　你不要操心。到时候我自然会找他。

雷蒙达　全乱套了。很明显都以为我不管用……明摆着，稍一疏忽……每个人都找机会偷懒！

胡莉亚娜　雷蒙达，我没有偷懒，你这么说就不对了。

雷蒙达　谁多心，我就说谁；谁吃大蒜，谁就会觉得嘴里辣。

胡莉亚娜　上帝哪！这个家究竟是怎么啦！好像都踩到刺了，全都变了：谁都瞧不起谁，却个个都冲我发脾气……上帝保佑，但愿我能忍下去。

雷蒙达 但愿是我能容忍你们这么对我!

胡莉亚娜 好吧,也包括我在内是吧? 我反倒成了罪魁祸首。

雷蒙达 你也不看我的眼色行事,好知道自己不应该多嘴悄悄地走开,免得我还开口说你。

胡莉亚娜 那行。我就当哑巴,马上就走。上帝保佑我,上帝啊! 你可以不必动口。(退下。)

埃斯特万 尤西比奥大叔来了。

阿卡西娅 我走啦。免得看见我难过……他已经有点魂不守舍了,最后准会说出让人难受的话。因为他总以为只有他才会为他儿子难过。

雷蒙达 我不好说我比他更难过,但是,我的眼泪淌得肯定不会比他母亲少。不要介意尤西比奥大叔:他太可怜,这事彻底打垮他了。不过,你说得也对,最好还是不要让他见到你。

阿卡西娅 妈妈,这件衬衫已经做好了。我这就去熨熨。

埃斯特万 你给我做的吗?

阿卡西娅 您不是已经看见了吗?

雷蒙达 她不做谁做! 我懒得做了……上帝! 我也觉得自己换了个人似的。不过,她很勤快,又用心。(阿卡西娅朝后台方向走去,雷蒙达趁势亲热地拍了拍她的肩膀。)难道老天就不能让你过上幸福的生活吗,孩子? (阿卡西娅退下。)我们这些当母亲的! 原来一想到她这么小年纪就嫁出去,心里很舍不得;现在……我真希望她早点成个家!

第二场

（雷蒙达、埃斯特万和尤西比奥）

尤西比奥　人都哪儿去了？

埃斯特万　在这儿呢，尤西比奥大叔。

尤西比奥　你们都怎么样啊？

雷蒙达　都好，尤西比奥大叔。

埃斯特万　牲口安排好了吗？

尤西比奥　跟我来的下人们照看着呢。

埃斯特万　请坐。尤西比奥大叔喜欢喝酒，雷蒙达，你去倒杯酒来。

尤西比奥　不喝了，谢谢。不要麻烦了，我不舒服，喝酒伤身。

埃斯特万　现在酒可是药啊。

尤西比奥　不，我一点都不喝。

雷蒙达　那就依您。您最近可好啊，尤西比奥大叔？胡莉亚娜怎么样呢？

尤西比奥　你想想看，胡莉亚娜她……我总有个预感，她要随了儿子去的。

雷蒙达　上帝保佑，不然另外四个可怎么办呢。

尤西比奥　让人担心死了。一个做母亲的,不能整天想着儿子会出事。如今这事儿……这事儿非得把我们压垮不可。原以为可以为儿子报仇的……大家都是对我这么说的，可我不以为然……结果是凶手没了，放了出来，待在家里，正在幸灾乐祸。我早知道，现在就更确定了:生活在这个世界，要想报仇雪恨，就得靠自己。正是因为他们要这么干，昨天我才给你带个口信，叫你告诉村民，要是我的儿子要到村里来，一定挡住他们。我们家再也经不起折腾了。尽管我儿子死了，凶手没有得到惩治，那是上帝还没来得及。上帝应该惩罚他，否则上帝死了。

雷蒙达 不要怪上帝，尤西比奥大叔。即使杀害了您儿子的凶手永远逍遥法外，我们谁也不会像他。让他的良心受煎熬去吧！我可不愿意像他一样在自责中煎熬地活着。像我们这些从没干过坏事的人，过的日子已经这么苦了，干出那种缺德事的人肯定更加难过。您就听我一声劝吧。

尤西比奥 说得对。但是如果没有报仇，我还得跟在儿子的屁股后面时时阻挡他们，以免他们最后入狱，如果是这样，岂不是会成为一件更让人伤心欲绝但又滑稽透顶的事吗？应该听听他们的理由！我那最小的孩子还不到十二岁，连他都像个大人似的攥着拳头发誓要给他哥哥报仇；不管怎么说……看见他那样，我就忍不住眼泪……他妈妈就更不用说了。实话告诉您，我可真想对他这么说："孩子，去吧，把他像条狗似的用石头砸死、碎尸万段，然后拖来见我……"可是，我却不得不忍住，而且还要板起面孔，要他们连这样想都不能，不然就会毁了全家人……

雷蒙达 看来，尤西比奥大叔，您也晕头转向了。法院已经判定人不是诺尔维尔托杀的，而且也没有人说是他干的，况且已经查明他那天在什么地方，都干了些什么，每段时间都对证无误，他是带着仆人到贝罗卡莱斯去了，恩希纳尔的医生堂福斯蒂诺还在那儿见过他，同他说了话，那个时间刚好出了事儿……您说，咱们谁也不会分身法……也许您会说，他的那几个仆人是协商

好了的，不过让那么多人都说同一个谎可没那么容易，而且堂
福斯蒂诺是您的好朋友，欠着您许多恩情……像他一样，还有
许多人也该站在您这边，但结果却是众口一词。只有贝罗卡莱
斯的一个羊倌说，他当时远远地看见了一个人，但是按他说的，
那人的身高、相貌和衣服，根本不是诺尔维尔托。

尤西比奥　我也不能肯定是他。不过，谋划的和具体干的是两回事，
不是同一个人，若是他指使别人去干的呢？这是不用怀疑的……不
然就没法解释我儿子是怎么死的了……您也不用帮我乱猜。我
没有能够下得了这种毒手的敌人。我从没害过人。不论亲疏，
我都一律宽宏大量地对待。整天都有人糟蹋我的庄稼，我要是
想去告，那是告不完的！他们杀了福斯蒂诺，就是因为他要娶
阿卡西娅，没有别的理由；而有这个杀人动机的，除了诺尔维
尔托外，没有别人。人们要是不怕惹麻烦把实情全都说出来，
事情早就水落石出了。可是，知道真相的人，偏偏又不愿意
作证……

雷蒙达　您是说我们吗？

尤西比奥　我没有说谁。

雷蒙达　我能从您的语气里听出来，不必指名道姓，也不必指指点点。
您的意思很清楚，因为诺尔维尔托是我们的亲戚，即使知道些
什么，也会一言不发的。

尤西比奥　你们没发现吗？你不觉得阿卡西娅内心隐藏的要比她说
出来的多吗？

雷蒙达　先生，这您就错了。她知道的不比我们任何人多。是您太
过偏执，确定是诺尔维尔托干的不可；是您这么认为的，没有

人因为别的原因结仇。人非圣贤，尤西比奥大叔。您可能做过很多好事；但是人这一辈子，总会有些什么事情办得不会那么妥当的。您以为没人会记得，可是，当事人却会记得比谁都清楚。再说了，要是诺尔维尔托真的对我女儿爱到了那种地步，在这之前总会表现出来的。这不是您的儿子夺走她的，而是我女儿同诺尔维尔托分手以后，福斯蒂诺才来找她的。我女儿同诺尔维尔托吹了，是因为他已经和另外一个姑娘纠缠，也不来解释清楚。所以，是他不要我女儿的。现在您总该清楚了吧，这一切都没有理由让他心生杀人的念头。

尤西比奥　那要是这样，从一开始为什么大家都非说是他干的呢？你们不也是这么想的吗？

雷蒙达　刚开始情绪当中，还能想到谁呢？不过，只要仔细想想就会发现，没有理由认为只有他才干得出那种事来。您的意思，好像是说我们包庇他。实话告诉您，我们比谁都想把事情查个水落石出，虽然您失去了一个儿子，可我也有一个因失去未婚夫而痛不欲生的女儿。

尤西比奥　事实就是这样。不应该隐瞒，你们……可是如果诺尔维尔托和他父亲想要让人消除怀疑，你们也不听听人们是怎么议论你们的，假如我信了的话……

雷蒙达　议论我们？为什么议论我们？您去过村里，能告诉我他们都说些什么？

埃斯特万　没人会理会的！

尤西比奥　我不信，那些话我一点儿都不信，不过，人家说，他们很感激你们没把事情弄个水落石出。

雷蒙达 您这不是又回到原题了吗？尤西比奥大叔，您知道您这话我会怎么理解吗？直截了当一些，您这是要我像您一样，也搭上一个亲人。但是，我也是一个当母亲的，怎么说呢！您这是在侮辱我女儿，在侮辱我们家人。

埃斯特万 不要说了……够了……尤西比奥大叔！

尤西比奥 我没有侮辱任何人。我只不过是重述人们的说法而已。因为你们是沾亲带故，村里人是不愿意蒙受耻辱，所以就商量一起遮掩真相。这儿的人都说不是诺尔维尔托干的，可是恩希纳尔的人却都认为不会有别人。要是不赶紧惩罚凶手，两个村之间会导致更多流血事件的，到时候谁也没法阻止，我们都清楚，年轻人都是血气方刚做事冲动。

雷蒙达 是您在挑起事端吧。我说什么您都不相信。您已经认定，如果不是他亲自干的，就是他花钱雇人干的，对吧？但是要知道，干这种事儿，是根本雇不到人的……算了，我脑子笨，真想象不出来！像诺尔维尔托这样的孩子能雇到什么人呢？咱们总不能认为他父亲也会参与这种事情吧？

尤西比奥 找一个坏人干事很简单的。你不是不知道，巴尔德罗勃莱斯兄弟不就是为了三个半杜罗而杀了两个羊倌吗？

雷蒙达 那事儿时间长了自然就包不住了！那是他们分赃不均，自己露了马脚。谁要是花钱雇人去干这么残忍的事，那他就一辈子休想得到安生。有钱有势的阔佬也许会雇人去干掉自己看不顺眼的人。可是，诺尔维尔托……

尤西比奥 在家里找一个忠心耿耿的仆人还不容易吗？

雷蒙达 可能您家里有，您让他干过类似的事情，有什么样的经验说什么样的话吧！

尤西比奥 你说话不要太过分。

雷蒙达 过分的是您。

埃斯特万 你就不能停会儿吗，雷蒙达？

尤西比奥 你都听见了吧？还有什么可说的？

埃斯特万 还是不要再说了，不然大家都要变成疯子了。

尤西比奥 随便吧。

雷蒙达 您说您找不出杀害儿子的凶手绝不罢手，这完全合乎情理，可是也不能把大家都搅和进去吧。您想替儿子报仇，我还不是每天都在祈祷上帝帮忙惩治凶手。如果这事是我儿子干的，我也绝不会包庇他。

第三场

（鲁维奥、埃斯特万、雷蒙达、尤西比奥）

鲁维奥 打扰了。

埃斯特万 怎么了，鲁维奥？

鲁维奥 您不要用这种眼神看我，老爷，我没醉……今天的事情是这么回事，他们请客，我没吃午饭，就喝了一点儿，身体就不舒服了，就是这样……我很抱歉，让您生气了。

雷蒙达 是吗？我觉得你现在好像很了不起嘛！胡莉亚娜已经把一切都告诉我了。

鲁维奥 胡莉亚娜就喜欢说长道短。我正是来找老爷说这事儿的。

埃斯特万　鲁维奥！有话等完了再说。尤西比奥大叔在这儿，你没看见吗？

鲁维奥　尤西比奥大叔？我已经看见了……他来做什么？

雷蒙达　他来不来和你有什么相关！真没见过你这样的！滚远点，滚回去睡你的觉去，酒还没醒呢。

鲁维奥　您最好不要这么说，太太。

埃斯特万　鲁维奥！

鲁维奥　胡莉亚娜绝对是个挑拨是非的人。我没喝醉……钱是我的，我又不是贼，没偷没抢……我老婆所有的东西也不是其他什么人送的……您说对吧，老爷？

埃斯特万　鲁维奥！赶紧去睡觉，没睡够就不要起来。尤西比奥大叔会怎么说呢？你有没有想过？

鲁维奥　想得不能再清楚了……好吧……您不必指点……（退下。）

雷蒙达　这就是您说的下人，尤西比奥大叔。这还没有什么事情需要隐瞒呢，就已经成这样了……您想想看，要是在他们面前干了什么见不得人的事情……不过，鲁维奥怎么了？最近总是喝得醉醺醺的，以前可不是这样啊。你可别宠着他，这只是个开始……

埃斯特万　女人就是女人，说的这是什么话！因为他没有酗酒的毛病，所以今天才喝了一点儿就醉了。事情是这样的，我在村里办事儿的时候，人家请他下酒馆……我已经说过他了，让他睡会儿，看来没睡够，到了这儿，可能他自己也不知道都胡说了些什么……不要大惊小怪的。

尤西比奥　当然不会的。还有什么事要说吗？

埃斯特万　您要回去了吗，尤西比奥大叔？

尤西比奥　真得走了。真抱歉，我来这儿惹你们恼火了。

雷蒙达　没有什么恼火的。我怎么能跟您生气？

尤西比奥　谢谢您的理解。要知道，我遇上的可不是小事啊！这口闷气不是轻易就能消掉的，它深深地憋在心里，可能要一直带进棺材的。你们要在索托住很长时间吗？

埃斯特万　一直到星期天。在这儿没事儿可干。只不过是这几天不想待在村里，因为诺尔维尔托一回来，各种流言蜚语不断……

尤西比奥　确实。我只是来告诉你，回村以后，注意点，要是我的那几个儿子去了，别让他们给我惹出什么乱子，对这事我连想都不敢想。

埃斯特万　您尽管放心。有我在，不会有事，不然我还算个人吗！

尤西比奥　那我就不多说了。这几天我把他们打发到河边的地里干活去了……只要没人到那儿去煽动他们就不会有事……好了，你们留步。阿卡西娅呢？

雷蒙达　怕您伤心，所以回避了……要是见了您，她会想到太多伤心事的。

尤西比奥　是的。

埃斯特万　我去叫人把马牵过来吧……

尤西比奥　您别伤神了。我喊一声就来了……弗朗西斯科！那不来了吗？你不要出来啦，雷蒙达，请留步。（同埃斯特万一起向后台走去。）

雷蒙达　走好，尤西比奥大叔。替我给胡莉亚娜带个口信……就说我很挂念她，我为她做的祷告比为您儿子还要多，因为那孩子没有干过坏事，不应当有那样的命运，上帝会宽恕他的……可怜的孩子。（埃斯特万和尤西比奥大叔退下。）

第四场

（雷蒙达和贝尔纳维）

贝尔纳维　太太！太太！

雷蒙达　怎么了？你见到诺尔维尔托了吗？

贝尔纳维　他已经到了，是跟我一块儿来的。我们走得很快！他早就急着想要见您啦。

雷蒙达　上帝啊，你们没碰上尤西比奥大叔吧？

贝尔纳维　老远看到他从河边过来，于是就从相反的方向走了，然后钻进了院子。我让他躲在那儿，直到看见尤西比奥大叔走了。

雷蒙达　赶紧看看他，看他上了大路没。

贝尔纳维　我已经看见他快走到十字路口了。

雷蒙达　那就叫诺尔维尔托过来吧。还是先告诉我，村里怎么样了？

贝尔纳维　人心太坏了，太太。您要是知道了，肯定会被活活气死的。

雷蒙达　但是没有人相信是诺尔维尔托干的，对吧？

贝尔纳维　谁要是敢说是他，不给揍扁才怪呢。昨天他回来的时候，半个村子的人都到半路上迎接他了。后来全村人都挤了过去，人们简直是把他抬回家的。所有的女人都哭了，所有的男人都抱他，他爸爸都傻眼了……

雷蒙达　可怜的孩子！我就知道不会是他，不会是他！

贝尔纳维　因为谣传说恩希纳尔的人说不定哪一天会来报仇，全村的男人，就连那些老头子，身上都藏着棍子和武器呢。

雷蒙达　上帝保佑！你能告诉我，今天上午老爷在村里是不是碰上什么不好的事了？

贝尔纳维　有人跟你说了什么？

雷蒙达　没有什么……我说的是，是的，我已经知道了。

贝尔纳维　鲁维奥去了酒馆后，好像说了些什么话……有人说给了老爷，老爷就去找了他，把他拖出了酒馆。他对老爷也不恭敬了……喝醉了……

雷蒙达　那你知道鲁维奥都说了些什么？

贝尔纳维　简直是胡说八道……他喝多啦……您想听听我的建议吗？这几天，你们最好不要在村里露面。

雷蒙达　这你尽管放心。如果是我的话，巴不得永远不回去……啊，圣母！我真恨不得顺着那条大路一直跑下去，跑到山顶上找个安全的地方躲起来，我老是觉得有人，不仅想杀我……老爷……老爷他现在在哪儿？

贝尔纳维　和鲁维奥在一块儿。

雷蒙达　你给我叫诺尔维尔托吧。（贝尔纳维退下。）

第五场

（雷蒙达和诺尔维尔托）

诺尔维尔托　什么事，雷蒙达姨妈？

雷蒙达　诺尔维尔托！我的孩子！过来，让我亲亲你。

诺尔维尔托　听说您想见见我，我真是太高兴啦。除了爸爸妈妈，幸亏妈妈已经走了，要是她也和别人那样把我当成……杀人凶手……除了爸爸妈妈，您就是我最亲的人了。

雷蒙达　大家都那么说，可是我根本不会相信的。

诺尔维尔托　这我知道。您是第一个信任我的。阿卡西娅呢？

雷蒙达　她挺好的，只是这个家真是倒了大霉。

诺尔维尔托　都说是我杀了福斯蒂诺！您想想，要是我没法证明自己那一天都干了什么，要是像我原来想过的那样，扛起猎枪，一个人去乱放一气，没人证明我就说不清楚自己在什么地方，我就会一辈子待在大牢的。

雷蒙达　要像个男人，哭哭啼啼的像什么！

诺尔维尔托　我不是哭，我的眼泪已经在监狱里流光了。要是有人对我说，有一天我还要……事情还没结束呢。尤西比奥大叔和他的几个儿子，还有恩希纳尔所有的村民，都想杀了我，我都知道……他们根本不相信我在福斯蒂诺这件事上是无辜的，根本不相信。

雷蒙达　那是因为还没找到凶手到底是谁……什么也还没有调查清楚呢……所以，很明显，他们不会善罢甘休……难道，你就不怀疑是什么人干的？

诺尔维尔托　不仅是怀疑。

雷蒙达　为什么不向法院说？

诺尔维尔托　为了证明自己的清白，在紧要的情况下，我会把一切都说出来的……可是，既然没必要去指控别人……现在我要是说了……可能会落到和福斯蒂诺一样悲惨的下场。

雷蒙达 是报复吗？你认为这是一场恩怨报复……那你觉得会是什么人下手的？我想知道，你别忘了，因为尤西比奥大叔和埃斯特万的仇家肯定是一伙人，不论是好事还是坏事，他俩总是一起干的，所以我很不放心……这种报复，如果针对尤西比奥大叔，也会针对我们的，他们的目的是破坏两家联姻，不过，也可能不仅是这样，说不定哪一天也不会放过我丈夫。

诺尔维尔托 您尽管对埃斯特万大叔的安危不要担心。

雷蒙达 你的意思是……

诺尔维尔托 我没什么意思。

雷蒙达 你把知道的都告诉我吧。但是不知为什么，我总觉得知道真相的人不止你一个。很可能像我知道的那样，人人已经心知肚明了。

诺尔维尔托 我可没有告诉您……您也不可能知道，只不过是村里的私下议论而已。您不要咋呼我。

雷蒙达 看在你那过世的妈妈的分上，你把一切告诉我吧，诺尔维尔托。

诺尔维尔托 姨妈您不要逼我。我对法院都没说啊……我要是说出来，他们会杀了我的，肯定会杀了我的。

雷蒙达 谁要杀你啊？

诺尔维尔托 就是那些杀了福斯蒂诺的人啊。

雷蒙达 到底是谁杀了福斯蒂诺？是花钱雇来的，对吧？今天早上，鲁维奥在酒馆里这么说……

诺尔维尔托 您知道这事了？

雷蒙达　埃斯特万去把他拉出来了，阻止他说下去……

诺尔维尔托　为了不牵连他。

雷蒙达　噢，是的，为了不牵连他！……因为鲁维奥说他……

诺尔维尔托　说他才是这一家的主人。

雷蒙达　主人！因为鲁维奥是……

诺尔维尔托　您说对了，夫人。

雷蒙达　正是他杀了福斯蒂诺……

诺尔维尔托　是的。

雷蒙达　鲁维奥！我终于明白啦……村里人都知道了吗？

诺尔维尔托　是他自己到处张扬，每到一个地方就炫耀自己有钱，
　　还有大钞票……今天上午，因为当时有人当着他的面唱了一首
　　歌，他就跟大家打了起来。埃斯特万大叔听到赶紧赶来，把他
　　连拖带拉地拽走了。

雷蒙达　歌？还编了一首歌……关于什么……歌词是怎么唱的？

诺尔维尔托　索托那位姑娘的爱人啊，

　　命中注定被判处死刑；

　　因为爱她的人的缘故，

　　人们称她为"不该爱的女人"。

雷蒙达　住在索托的人就是我们啊，大家都是这么叫我们的，指的
　　就是我们家……"索托那位姑娘"就是阿卡西娅了……我的女
　　儿！而那首歌……人人都在唱……大家都说她是"不该爱的女
　　人"……是这么说的吧？哪些人不该爱她？是谁不该爱我的
　　女儿呢？你爱过她，福斯蒂诺也爱过她……但是，还有谁会爱她，
　　为什么要说她是"不该爱的女人"？……过来……你既然爱她，

为什么后来又不跟她好了？为什么？你给我说……听着，没有
什么会比我知道的更糟了……

诺尔维尔托　您不要害我，也不要害其他人了。我什么都没给您说，
就算蹲监狱，我也什么都没说……我不知道您是怎么知道真相
的，也许是从鲁维奥那儿，也许是我爸爸那儿，因为我只跟他
说过……我爸爸的确曾经想向法院告发，可是我不答应，因为
人家会杀了我们父子的。

雷蒙达　你不用说了，住嘴……我都看见了，都听到了。"不该爱的
女人"，"不该爱的女人"！你听着。把一切必须说出来……我
对你起誓：谁想杀你，必须先杀了我。而且你也知道，只要此
仇一天不报，尤西比奥大叔和他的几个儿子迟早不会放过你，
你是逃不掉的。他们之所以杀福斯蒂诺，就是不让他娶阿卡西娅；
你不跟阿卡西娅好了，为的是不被杀掉，对吗？这就是你要说
的一切。

诺尔维尔托　他们叫我不要跟阿卡西娅好，是因为她早已许给了福
斯蒂诺，这事很久以前就跟尤西比奥大叔说好了；还说，不管
好坏，我都得接受；还说，要是我把这事儿说出去……那就……

雷蒙达　杀了你，对吧？所以你……

诺尔维尔托　我都信了。不过，说实在的，我有点儿害怕。为了让
阿卡西娅恨我，我就和另外一个根本没看上眼的姑娘乱搞……
但是，后来我知道根本就没有这回事。不论是尤西比奥大叔，
还是福斯蒂诺，根本就没跟埃斯特万大叔说定任何事情……福
斯蒂诺死了以后……我才明白他死的原因。当他向阿卡西娅求
婚以后，已经没法再用任何话对付我了，因为不能拒绝把她嫁

给尤西比奥大叔的儿子。没法拒绝，就假装答应下来，甚至还买了许多结婚用品。我这是在自己找死啊。还能有谁呢？阿卡西娅的未婚夫，出于嫉妒……一切都经过了精心策划。上帝保佑，那天我幸免于难！他终于因为犯罪心里受不了，才自己抖落了出来。

雷蒙达　换句话说，这一切都是事实！闭上眼睛装作没看见是不行的！……什么东西蒙住了我的眼睛啊？……现在都再也不能清楚了……但是，我怎么那么糊涂啊！

诺尔维尔托　姨妈，您要去哪儿？

雷蒙达　我也不知道。我已经理不清了……这打击对我来说太大了，让我觉得脑子空白得没事一样。你看，说了半天，我只记住了那首歌，那支关于"不该爱的女人"的歌……你要教我唱……咱们按那个旋律来跳舞，一直跳到死为止！阿卡西娅，阿卡西娅，孩子！……你出来。

诺尔维尔托　不要叫她，不要，她没有任何过错！

第六场

（阿卡西娅、雷蒙达、贝尔纳维、诺尔维尔托）

阿卡西娅　怎么了，妈妈？诺尔维尔托！

雷蒙达　过来！好好看看妈妈的眼睛！

阿卡西娅　妈妈，您怎么了？

雷蒙达　没什么，你没错！

阿卡西娅　妈妈，您听说了什么？你对她说什么了？

雷蒙达　大家都说的事……"不该爱的女人"！你已经被人编进歌了，你还不知道呢！

阿卡西娅　我？不可能的！他们不会对您说的！

雷蒙达　别瞒我了。全都说出来吧。你为什么从来不叫他爸爸？告诉我为什么？

阿卡西娅　因为爸爸只有一个，您很清楚。那个人不可能代替我的爸爸，我一直恨他，自从他走进这个家门，使得这个家变得让人不堪忍受，我就已经恨他了。

雷蒙达　但是现在你要叫他，听我的，叫他爸爸……他是你的爸爸。知道吗？你知道我的意思吧？我要你……叫他爸爸。

阿卡西娅　你是叫我上坟去叫爸爸吗？除了坟里的爸爸，我没有别的爸爸。那个人……只是你的丈夫，你爱他，可是我只会叫"那个人""那个人"，我不会称呼其他的什么。您既然都知道了，那就不要折磨我了。让法院把他抓起来，让他受到惩罚！

雷蒙达　你说的是福斯蒂诺的死？还有什么……全都说出来吧。

阿卡西娅　没了，妈妈。要是我知道真相，他们就杀不了福斯蒂诺。您以为我傻到不知道自卫吗？

雷蒙达　那为什么一直不说？为什么不让我早点知道这事？

阿卡西娅　您已经被他蒙住了双眼，难道还会听我的？您是让他给糊弄了，否则早该看清……即使当着您的面，他的眼睛恨不能把我给吃了。他每时每刻都游魂般跟在我后面打转……您还要我再说下去吗？我恨他，我讨厌他，真希望他能再露骨一些，以便您不再被蒙蔽下去，让您看清他的真面目。是他夺走了您对我的爱，是他迷惑了您的心志，您也从来没深爱过我爸爸。

雷蒙达　不是你说的那样，我的孩子！

阿卡西娅　我这么说，就是想让您也和我一样讨厌他，像我爸爸说的那样讨厌他，好多次我仿佛听见爸爸在阴间这么对我说。

雷蒙达　不要说了，孩子，不要再说了！到我这儿来，在这个世上，我只有你这个女儿了，感谢上帝，我还能保护你！（贝尔纳维上。）

贝尔纳维　太太！

雷蒙达　看你气冲冲的样子，有什么事儿？准没好事儿！

贝尔纳维　我跑来给诺尔维尔托报信儿，他无论如何都不要离开这儿。

雷蒙达　为什么？

贝尔纳维　尤西比奥大叔的几个儿子和他家人埋伏着等他要报仇呢。

诺尔维尔托　我说中了吧？这会儿您该知道了吧？他们要杀我！他们肯定不会放过我，肯定不会。

雷蒙达　让他们把我们都杀了算了，但是肯定有人会通风报信的。

贝尔纳维　肯定是鲁维奥。我刚看见他跑到河边，一直到尤西比奥大叔的地里。肯定是鲁维奥出卖了我们。

诺尔维尔托　我说中了吧？为了掩人耳目，他们就怂恿别人来把我杀掉，免得再调查下去。那些人以为害死兄弟的凶手已经死了，就不再追究了……他们会杀了我的，雷蒙达姨妈，肯定会杀了我的。那么多人对付我一个，我根本没法招架。我身上连把最普通的刀也没有啊。我不愿带武器，怕伤人。我是宁愿被人杀死也不愿意以杀人之名回到监狱里去……您救救我吧，这么冤枉而死，就像掉入陷阱的动物，实在是太惨了！

雷蒙达　孩子不要怕。除非他们把我杀了，我已经说了……跟贝尔纳维到里面去。你去拿猎枪来……他们不敢贸然进来，谁要是这么大胆，你就毫不留情地打死他，不管是谁。明白吗？不管是谁。你们不必关门。孩子，你跟我待在这儿。埃斯特万！埃斯特万！埃斯特万！……

阿卡西娅　妈妈，您要干什么？（埃斯特万上。）

埃斯特万　你在叫我吗？怎么了？

雷蒙达　听清楚了。诺尔维尔托在这儿，在家里。尤西比奥大叔的几个儿子躲在那边等着要杀他。但是你愧为男子汉，连站出来动手的勇气都没有。

埃斯特万　你在说些什么？（想掏枪。）雷蒙达！

阿卡西娅　妈妈！妈妈！

雷蒙达　算了吧，你根本不行！还是把鲁维奥叫来，让他把我们一个个都杀了，以便掩盖你的罪恶……凶手，凶手！

埃斯特万　你说什么，疯了吗？

雷蒙达　我早就疯了，在你进这个家门时就疯了，你像小偷一样怀着偷走我最宝贵的东西的目的走进我的家门时，我就已经疯了。

埃斯特万　你到底说的是什么意思？

雷蒙达　我能说什么，是人家在这么说，过不了多久法院也会这么说。如果你不想把事情闹大，不想让我喊出来，不想让人知道……那就听清楚：那些想落井下石的滥杀无辜的混蛋，都是你叫来的，那你就可以把他们打发掉。诺尔维尔托除非我跟着，否则他是不会走出这间房子的。要想杀他，得先杀了我……为了保护他，为了保护我的女儿，我一个人对付得了你和所有你花钱雇来的凶手。混蛋！还不快滚，滚到深山野林里去找个兽洞躲起来！
人们都来了，你已经无法对我下手了⋯⋯即使只有我和女儿，
你也不敢！我的女儿，我的女儿！难道你不知道她是我女儿？
这是我女儿！"不该爱的女人"！不过，我会保护她，不会让
你伤害她，别忘了，她爸爸还活着⋯⋯你要对她下手，他就会
来撕碎你的心脏！

〔幕落〕

第三幕

布景和第二幕相同。

第一场

（雷蒙达站在门口，惴惴不安，四处环顾。随后，胡莉亚娜上场）

胡莉亚娜　雷蒙达！雷蒙达！

雷蒙达　打探到什么消息？他有没有危险？

胡莉亚娜　没有，不用担心。

雷蒙达　他怎么样了？你怎么丢下他一个人自己来了呢？

胡莉亚娜　他似乎睡着了，不声不响，阿卡西娅在守着呢。其实你
比他更让我不放心。上帝保佑，他的情况还好，没有生命危险。
可是，你不能这么不吃不喝啊！

雷蒙达　不要管我！不要管我！

胡莉亚娜　你进去跟我们待在一起吧。不要待在这儿！

雷蒙达 我要等贝尔纳维。

胡莉亚娜 要是接应诺尔维尔托的人跟他一块儿来，不会那么快的。要是法院的人也……

雷蒙达 法院的人也来了……法院的人怎么也来了。上帝,胡莉亚娜,真是作孽啊!

胡莉亚娜 走吧,进去,别再看了。我知道你等的不是贝尔纳维,是另一个人,是你丈夫,说到底,他毕竟是你丈夫。

雷蒙达 是啊,毕竟那么多年啦,不可能说完就完的。虽然我已经知道所有,虽然我知道已经不可挽回,知道以后见到他,就只会骂他恨他,但是我还是站在这儿四处张望,甚至不放过山上的每一条缝隙,仿佛和从前一样,希望能看见他高高兴兴地回来,然后像两个年轻人一样,手拉手地坐到桌边,一边吃饭一边讲述都分别干了些什么,说笑也好,吵闹也罢,总是那么亲热。你想想看,这一切都结束了,这家里的一切都显得那么多余,永远也不会再有往日的和睦安宁了。

胡莉亚娜 也是啊,世上的事情,都很难让人相信了。拿我来说吧,要不是你亲口告诉我,要不是我亲眼看见了,打死我也不会相信。福斯蒂诺的死,愿他能够得到上帝的祝福,本来还可能有别的什么原因;可是,不幸的是,他打起了阿卡西娅的主意。可真是出人意料,至今我也不敢相信。但是,要是把这两件事分开,也是没法解释清楚。

雷蒙达 难道你以前也没看出一点不对劲吗?

胡莉亚娜 一点都没有。你知道,自打他走进这个家门占有了你的心,我就给他一直拉着脸。你知道,我喜欢你以前的丈夫。他可真是这世上再也不能好的人啦……得啦，我说到哪儿去了！要是我看到了这种事情的破绽，我怎么能憋住不说呢？……如今真相大白了，我这才发觉他对姑娘过分热心。尽管姑娘对他冷若冰霜，他却一点儿也不生气。自从你嫁给他以后，姑娘压根儿就没好好地跟他说过一句话，而且还因为不是亲生，动不动就当面骂他。不管别人怎么劝说，你怎么打骂，都不管用。如果姑娘从小对他亲热，他也把她当成亲生女儿，也许就不会闹到今天这种地步了。

雷蒙达　你也在替他说话？

胡莉亚娜　看你说的，我为什么替他说话？这种事能说了了事吗？我至少也明白她是你的女儿呀！不过，话又说回来，那孩子，除了是你女儿这个身份外，简直就是个外人。我说过了，要是从一开始她就把他当成爸爸，事情就不会这个样子，他毕竟不坏。混蛋任何时候都是混蛋。你们刚结婚时，阿卡西娅还小，有好多次我看见他因为姑娘因憎恶他躲着他而伤心呢。

雷蒙达　是这样的，要说我们之间有些隔阂的话，就是因为这个孩子了。

胡莉亚娜　姑娘长大后，我们都知道，不管在哪儿，她总是躲着他，对待他像陌生人，看都不屑一看。但我们谁会往那边想呢？

雷蒙达　的确不会那么想，根本不会往那儿去想。除非心怀鬼胎，否则谁都不会那么想。可是像他那样，为了不让我女儿嫁人，不让我女儿离开这里，离开他身边，竟然去杀人，肯定是一直在谋划的，像个凶手似的，一直在打歪主意。我也想替他开脱，可是越想就越觉得没法开脱……你做得太对啦，真把人急死了。

他们怎么说想到我女儿随时都有可能被毁，一想到敢杀人的家伙是什么都干得出来的……要是果真到了这步田地，你要相信，我会把他俩全宰了的，真的，否则我就不是雷蒙达。杀他，因为他太无耻；杀她，因为她没有以命抵命。

第二场

（贝尔纳维、胡莉亚娜、雷蒙达）

胡莉亚娜　太太，贝尔纳维来啦。

雷蒙达　你一个人吗？

贝尔纳维　是的。村里人都在想如何处理，我不能耽搁时间。

雷蒙达　你做得好，真急死我了！

贝尔纳维　说起来也真够气人的。

雷蒙达　他们打算来接诺尔维尔托吗？

贝尔纳维　他爸爸想要来。可医生说不能用车，会加重伤势，得用担架抬。这还不算，还说得让法医来验伤，法官来取证，因为他昨天不省人事根本没法说话，怕把他抬回村里时，人又不行了……你不知道，大家各说各的，谁也不听谁的。今天谁也没下地干活，男的三五成群，女的走家串户，这几日，没有一户人家是按时吃饭的。

雷蒙达　他们应该都知道了，诺尔维尔托伤势不重吧？

贝尔纳维　根本跟他们说不清楚。昨天一听说他在这儿被尤西比奥大叔的儿子堵住打了个半死，大家都失声痛哭。可是今天，知道他伤得没那么重，很快就会康复，他们又说不能那么容易就完了。既然打伤了他，就得有个了断，尤西比奥大叔的儿子理应得到报应。要是他的伤一下子就治好了，过上一次堂也就一了百了，这事谁也不会罢休。

胡莉亚娜　看来他们很爱诺尔维尔托，不过又希望事情闹大，巴不得人家把他杀了。真是畜生！

贝尔纳维　正是。我跟他们说，这得感谢您，因为您给老爷报了信，老爷才赶过去斡旋，甚至还拿起枪来，逼得他们没能对诺尔维尔托下毒手。

雷蒙达　你是这么说的？

贝尔纳维　任何人问起，我都是这么说。这是因为，一方面它本来是事实；另一方面因为您还不知道村里人是怎么议论这儿的事情的。

雷蒙达　什么都不要说。老爷呢？他去村里了？你知道他在什么地方？

贝尔纳维　听说今天上午有人在贝罗卡莱斯看见他和鲁维奥还有恩希纳尔的羊倌在一起。看来是在那边过的夜。依我看，根本不像逃犯的样子。再说事情还没到让人胡乱猜疑的程度。只有诺尔维尔托的父亲见了人就胡说八道。今天上午，他见到了尤西比奥大叔时跟他说，他的儿子根本没有理由同诺尔维尔托过不去。

雷蒙达　尤西比奥大叔到村里去了吗？

贝尔纳维　今天上午，他的几个儿子都被抓了，被捆成一串，从恩希纳尔押到了村里。他领着小儿子一路哭着跟着。这种情景，连心肠最硬的人也忍不住会落泪。

雷蒙达　那边也是做母亲的，我也是个母亲！男人们要是能够理解
　　就好啦！

第三场

（阿卡西娅、雷蒙达、贝尔纳维）

阿卡西娅　妈妈！妈妈！

雷蒙达　怎么了，孩子？

阿卡西娅　诺尔维尔托叫您呢。他醒来了，想要喝水，他说渴死了。
　　可我没敢给，不是不想给。

雷蒙达　医生说了，橘子水多喝点儿没事。那儿有一罐，他还叫疼吗？

阿卡西娅　不了，现在好多啦。

雷蒙达　（对贝尔纳维。）医生开的药，你买了没？

贝尔纳维　全放在口袋里，我去拿。（退下。）

阿卡西娅　您听见了吗，妈妈？他在叫您呢。

雷蒙达　我来了，我的孩子，诺尔维尔托。

第四场

（胡莉亚娜和阿卡西娅）

阿卡西娅　那家伙来了没有？

胡莉亚娜　没有。自从出事后，他像疯子似的拿着猎枪走了，鲁维
　　奥也跟着去了。

阿卡西娅　他没被人抓起来吗？

胡莉亚娜　听说还没有。要抓他，得很多人作证呢。

阿卡西娅　人们都知道了，是吧？都听见我妈妈喊叫了。

胡莉亚娜　家里只有我和贝尔纳维知道。不该说的，我们都不会说。我们只会说，他是个好人，对这个家忠心耿耿。别人是发现不了的。他们听见你妈妈喊了，不过，都认为是因为诺尔维尔托的缘故，因为尤西比奥大叔的儿子要来杀他。要是法院来问我们，大家都照你妈妈的意思说。

阿卡西娅　我妈妈能让你们不说事实吗？难道她自己不会说吗？

胡莉亚娜　你想让她说出来吗？难道你不顾忌这个家的脸面？尤其是你，每个人都会随心所欲地瞎猜。有人会认为你是宽宏大量，有人才不会相信。但是，女人的名誉可不能让人随便议论的，那对你没有一点好处。

阿卡西娅　我的名誉！我知道自己是清白的。别人爱怎么说，就随他们说去。反正我是不会出嫁的。要说我对这事儿有点安慰的话，那也只是因为我没有嫁出去。我之所以愿意嫁人，也只是为了气他。

胡莉亚娜　阿卡西娅，你这可是在说赌气话。

阿卡西娅　我那么恨他，不赌气才怪。不止现在，我一直都在赌气。

胡莉亚娜　都是他的错，你讨厌他完全合乎情理，这谁都知道！跟你说吧，我一直都不赞成你妈妈决定嫁给他。不过，你很小的时候，你还不明白，可是我却亲眼看见他是怎么疼你的。

阿卡西娅　我只知道我妈妈死心塌地不管不顾地爱他，整天跟着他转，我一直是他们的眼中钉。

胡莉亚娜　不能这么说，你妈把你当成最疼爱的宝贝啊。他对你也这样。

阿卡西娅　我妈妈才不呢，他倒是真的对我好。过去如此，现在还是。

胡莉亚娜　听你这么说，好像你并不怎么生气。事实上，要是你待他好一点儿，他也不至于对你这样。

阿卡西娅　都是因为他，我才讨厌我妈的，我怎么能对他好？

胡莉亚娜　什么？你讨厌你妈妈？

阿卡西娅　不喜欢，要是那个家伙从来就没有踏进这个家门，我会喜欢我妈妈的。我永远都忘不了，记得在我还很小的时候，有一天晚上我把刀藏在枕头底下，整夜没睡，一心想要走过去捅他一刀子。

胡莉亚娜　上帝，你真是傻丫头，你在胡说什么！你这么大胆！要是你真去了，会杀他吗？

阿卡西娅　我不知道！

胡莉亚娜　上帝哪！圣母！不要说了。你这是疯啦。你想知道我是怎么想吗？这件事你的责任也不小啊。

阿卡西娅　我的责任？

胡莉亚娜　对，你也有责任。我直接对你吧，要说恨，你本来只恨他。唉，你妈妈要是知道了！

阿卡西娅　我妈妈知道什么？

胡莉亚娜　你恨的人根本不是他，是你妈妈！这么明显，你自己还不知道，你已经爱上了他。

阿卡西娅　你在说什么？

胡莉亚娜　要是你恨的话，不会这样的。这样的恨，只能说明爱得深。

阿卡西娅 我何时会爱那家伙？你知道你在说些什么胡话吗？

胡莉亚娜 我没说胡话。

阿卡西娅 你已经说了，你肯定也会对我妈妈这么说。

胡莉亚娜 你害怕了是吧？你这不是不打自招吗？不过，你尽管放心。我不会说的！她已经够受的啦！上帝保佑我们吧！

第五场

(贝尔纳维、胡莉亚娜、阿卡西娅)

贝尔纳维 老爷来了，已经回来了。

胡莉亚娜 你看见他来了?

贝尔纳维 看见了。他已经累瘫了。

阿卡西娅 我们赶紧走吧。

胡莉亚娜 对，我们走，什么都不要说，别让你妈知道你差点儿跟他碰面。(两个女人退下。)

第六场

(贝尔纳维、带着猎枪的埃斯特万和鲁维奥)

贝尔纳维 您有何吩咐?

埃斯特万 没什么事，贝尔纳维。

贝尔纳维 要我向太太禀报吗?

埃斯特万 什么都不要说。她们自然会来的。

鲁维奥 诺尔维尔托的伤恢复得怎么样了？

贝尔纳维 好多了。您要是没有吩咐，我就把这些药给他送过去。（退下。）

第七场

（埃斯特万和鲁维奥）

埃斯特万 我就坐这儿，有什么话，你就说吧。

鲁维奥 我能有什么可说的？您本来就应该待在这儿。这是您的家，这儿才是您的去处。躲躲藏藏的，实际上是自我暴露，自找苦吃……

埃斯特万 我是说，我现在正在你面前，已经如你所愿了，你把我找了回来……有话就说吧。一会儿那个女人来了，又要对我大喊大叫，还会把人都找来，法院以及尤西比奥大叔都会来的……有什么话，赶紧说……

鲁维奥 如果你让尤西比奥大叔的儿子自己去找那个……如今受了点小伤的家伙去了断，就什么事儿也没有了……可是现在，那小子要张嘴，他爸爸要告发，两个女人也都要说出真相……她俩其实不该多嘴的。福斯蒂诺的事儿，谁也抓不着咱们的把柄。您跟他父亲在一起，谁都没有看见我，我腿脚利索，很快就到了二里地以外。我还把那家的钟表拨快了，临走时还特意让他们看了看钟点。

埃斯特万 这一切都安排得很好，要不是你后来到处张扬，就不会露了馅。

鲁维奥　您说对了，那天您就该宰了我。不过，那天我第一次感到害怕。我没有料到诺尔维尔托会放出来。您不听我的，我早就说过："要对法院加紧点，让阿卡西娅出来作证，就说诺尔维尔托曾经当着她的面发誓要杀了福斯蒂诺……"您要说，您设法强迫她那么做……本可以找别人证明曾经听见诺尔维尔托说过类似的话，对吧？要是那么做了……现在可不是这个样子，这样法院就不会那么轻易地把他放出来。我早就说过，倒不是我想否认那天干的坏事儿，一看见诺尔维尔托被放了出来，我就想到法院，尤西比奥大叔就是紧盯着法院，人们就会朝别的地方去找凶手。我刚说了，我第一次感到害怕，于是就觉得糊里糊涂的好，所以就去喝酒。因为以前没喝过，一喝就胡说八道了。我说过，那天你差点儿把我宰了，完全有理由宰了我……再加上村里已经在风言风语了。这也让我心虚，特别是听了那首歌。事情就出在这儿。请您相信我说的没错，问题就出在您同诺尔维尔托说过的话。他跟他父亲已经在怀疑您对阿卡西娅有意思……无论如何得把这点怀疑打消，否则会毁了我们。因为有了犯罪的动机，就不难查出犯罪的人。至于其他……要是搞不清楚他的死因，看他们怎么去找凶手。

埃斯特万　这些天我在想，为什么要死人？为什么要杀人？

鲁维奥　这您最清楚了。因为您信任我，所以对我一遍一遍地说："要是那个女人归了别人，我就豁出去了。"后来您又告诉我："她要出嫁了，这回我可把那家伙赶不走了；她要出嫁了，她会被人娶走，一想到这个……"好多天，天一亮您就把我叫醒，您不记得了？您对我说："喂，鲁维奥，快起来，我一个晚上都睡不着，咱们到野外去，去转转，去消耗消耗……"于是咱俩就提上猎枪走了，两个人手拉着手，但却一连几个钟头一句话都不说……出去打猎，却什么也不打，怕让人看见了说闲话，于是就冲着天空放上几枪：我说是为了吓跑猎狗，您说是为了排解心头的烦恼。就这么走啊走的，最后累得不行，就找个山坡坐坐。您一直闷闷不乐，后来，您干脆大吼一声，仿佛卸掉了沉重的包袱，搂着我的脖子，滔滔不绝地讲啊讲啊。现在，即使您尽力回忆，恐怕也想不起来当时讲的话了。不过，到后来总会说："我已经疯了。我不能这么活着，我要死了，我也不知道怎么了，这是惩罚，这是受罪……"就是这些话，重复一遍又一遍，说到最后总是落到一个"死"字上……过了好长时间，有一天……商量好了，您都知道，我还说什么呢。

埃斯特万　你就不能闭上你这张臭嘴吗？

鲁维奥　请注意，老爷，不要这么呵斥我。此一时彼一时。那时我们刚来，我还不知道您的心思，好几次您都失魂落魄似的，想开枪自尽。您不能再那样了，老爷，不能。从现在起咱们就生死相连了……我知道，您已经为这一切后悔莫及了。要是有可能，恐怕您这一辈子都不想再见到我……要是那样您就能得到心灵的平复，您早就把我打发了。您必须明白，对这件事，我是无利可图的。您给了我好处，那是因为您愿意。我是什么都不缺的，不喝酒、不抽烟，唯一的嗜好就是随心所欲地到野外去转悠。我最大的奢望，就是能够发号施令……我希望您同我亲如兄弟。我之所以干了那事，是因为您信任我。请记住，我永远都是靠得住的。如果咱俩都完蛋的话，我可是孤立无援。对此，我已经想过了。即使把我碎尸万段，您也不会对我说半句话的。我会从此销声匿迹。我说我孤立无援，是因为……以我的处境，是没人会关心的……我还不知道结果如何，可能会判上十年、十五年的。可是，您有权势，判不了几年，然后，经人说情，还会减免。干出比这更恶劣的事的大有人在，关上个三年五载的就没事儿了。我希望您别把我忘了。等您出来以后，我说过了，要把我当成亲兄弟。一个好汉还要三个帮呢。咱们一条心，想怎样就怎样。我一心想发号施令，这是真的。我希望我能掌有权势。但是在您面前，我将永远是奴仆……太太来了。（看见雷蒙达走过来。）

第八场

（雷蒙达拎着一个双耳水罐走出来。恰好看到埃斯特万和鲁维奥，她惊异地站住，犹豫再三，接着走到水缸边把双耳罐灌满水。）

鲁维奥　请原谅，太太。

雷蒙达　滚，滚得越远越好。别到我跟前来。你在这儿干什么？从我眼前消失。

鲁维奥　太太，您不仅得见我，还得听听我的说法。

雷蒙达　你看清楚，这可是我的家。你能有什么好说的？

鲁维奥　跟您这么说吧，我们早晚要吃官司。站在大家利益的角度上，咱们最好还是齐心协力。如果这样的话，不管别人怎么说，也都不会把任何人送进监狱。

雷蒙达　应该进监狱的又不是你一个。你难道还想逃跑吗?

鲁维奥　我说的话里没有这层意思。要蹲监狱的只能是一个人,而那个人不是别人,恰好是我。

雷蒙达　什么?

鲁维奥　但是,我也不是那种会任人胡说八道而不知道还击的人。再说了,事情本身也不是您想得那样。村里的各种流言都是诺尔维尔托和他父亲捏造出来的。还有那首让您信以为真的下流歌曲……

雷蒙达　你们在这段时间已经把什么都计划好了! 我也没有必要再听了,歌曲也好,流言蜚语也罢。我只相信事实,我所知道的事实。我已经调查得一清二楚,我不会听别人的任何谗言了。猜我也猜到了,看也看见了。但是关于……你呢,你不会是这样的人,你怎么可能那么高尚。可是他却可能会有向我说出真相的勇气。要知道,我是不会去告发任何人的。不是因为你们,而是为了这个家,我祖上传下来的这个家,更为了我女儿,为了我自己。但是,人人都已知道了这事,我说不说都已经没有任何意义了!难道是连山上的草木都知道了,并且在到处谣传吗?

鲁维奥　让他们说去好了,但是您应该守口如瓶啊。

雷蒙达　你才这么想。但听你这么一说,我倒真想告诉每个人,让大家都知道好了。

鲁维奥　您不能,也没有理由这么做。

雷蒙达　这还不够理由?你们已经杀了一个人,另外一个也差点儿因为你们而丢掉性命。

鲁维奥　这已经是很幸运的了。

雷蒙达　闭嘴，你给我闭嘴，杀人犯、胆小鬼。

鲁维奥　她这是在说您，老爷。

埃斯特万　鲁维奥！

鲁维奥　我怎么了？

雷蒙达　在他面前你应该恭敬一点才对。这是造的什么孽啊！一辈子都得和他同命相连，这叫作什么惩罚呀！这个家终于有了发号施令的人了。感谢上帝！他会看重这个家的名声甚于你！

埃斯特万　雷蒙达！

雷蒙达　怎么？我也要这么问问你了。你就只敢在我的面前耍威风！

埃斯特万　是的，你说得对。我不是人，应该受到惩罚，了结这事。

鲁维奥　老爷！

埃斯特万　滚，滚开！你快走，走开！要我求你才行吗？难道还要我跪下求你吗？

雷蒙达　唉！

鲁维奥　大可不必，老爷。您没必要对我这样。我这就走了。（对雷蒙达。）要不是我，那个人不会死，但是你的女儿说不定就毁了。现在，就在您面前，他像个吓坏的孩子。一切已经发生了，是一场风波，一场流血事件。他已经清醒了！我原可以当个医生的。这么跟您说，您得为此而感谢我才对！（退下。）

第九场

（雷蒙达和埃斯特万）

埃斯特万　不要哭了，我不想看你哭。我这样的人不值得你流眼泪。我应该永远不回来，应该在荒山野岭死掉算了，或者像只野兽一样被人抓住，因为我是不会反抗的。但是，你也不要再说什么了。你能对我说的，我已经想到了。可能都超出你的想象了，我已经无数次把自己叫作凶手、杀人犯。不用管我，不要管我了，我已经不再是这个家里的一员了。不要管我，我要在这儿等到受审。我不去投案自首，是因为我支持不住了，我已经精疲力竭了。要是你不愿意，我就出去，在大路上像一头被人丢弃的死牲口一样死在草场上。

雷蒙达　你投案自首，那会毁了这个家，会毁了我女儿的名声，人们把这事成天挂在嘴上，万万不行！现在审判你的法官只能是我，你应该只想到我！你以为我会因为没看见你哭过就会相信你现在的眼泪吗？自从你起了那种邪恶的念头，就应该哭瞎眼睛，免得看到不该看的。你这么哭，我该怎么办？我就站在面前，不管是谁，只要看见我这个样子，也不会相信我所遇上的事，我也不知道等着我的将是什么，我也不愿意回想所发生的一切，一心只想着遮住我家所蒙受的羞辱，只想让人家不要对我们家说长道短，不想让别人说我们家有杀人犯去蹲了监狱，而那个人又刚好是我给女儿找来的第二个爸爸。这座房子曾经是我的父母兄弟住过的。他们都是正直善良的人。从这里走出去的男人不是为国效忠，就是娶妻成亲或者另有成就。他们再踏进这个大门的时候，都像他们离开时一样骄傲。不要哭了，别总是捂着脸，要是有人前来打探什么，你应该像我一样装作什么事也没有。就算家中失火，也不能让烟冒出去。擦一下眼睛吧，可能都哭出血了！喝点儿水吧！那不是毒药！喝吧，别那么急，你看你浑身都是汗。看你，全身都让草刺扎破了！差不多就像刀子割的一样！过来，我给你洗洗，看见了让人感到害怕！

埃斯特万 雷蒙达，亲爱的雷蒙达！可怜可怜我吧！你根本不知道！我也不想再辩解了，可是我却想把一切都告诉你。就像死前忏悔一样，向你坦白一切。你没法知道我这段时间所经受的一切！仿佛整天整夜我都在和一个比我强壮而强行带我去可怕的地方的人在不停抗争！

雷蒙达 你为什么会有这样邪恶的想法，又是从什么时候产生的？

埃斯特万 我自己也不知道。好像突然中了邪，我想我们每个人都会有过某种邪念，只不过那邪念很快消失，并被忘掉。记得我小时候，有一天父亲骂了我，还狠狠地打我，我被气得脑袋里闪过这样的念头："希望他死了。"不过，那只是想想而已，刚刚想过之后，立即感到非常难过，生怕上帝真的会把他召去。几年以后，我长大成人，父亲真的死了，我痛哭了一场，一方面是因为他；另一方面也为了自己曾经有过的那个邪念。所以，我以为这次也一样。但是，这次的邪念却极其顽固，我越是抵抗，它越是反抗。你知道，你不能说我已经不爱你了，其实爱你越来越多。你也不能说我打过别的女人的主意。对她，我也是从来都不敢正眼相看。可是，只要感觉到她在我身边走动，我的血液就开始沸腾。每次咱们坐在一起吃饭时，我总是强迫自己不看她，但是，不管我的视线转到哪儿，又总是看见她在眼前。到了晚上，你紧紧地贴着我，然而，在空寂的房间，我总觉得睡在身边的人是她，仿佛还能听到她的呼吸。我气得要死。我也曾求助上帝帮帮我。我甚至自己虐待自己。真恨不得自杀，同时也把她杀了。我也说不清这是怎么了。难得有那么几次我和她单独在一起，每次我都像疯子一样逃掉了。我真不知道，要是不逃会发生什么事，是抱着她亲吻，还是捅她几刀。

雷蒙达　上帝，你也是不知不觉中发疯的，并且肯定要有人为此送命。如果她嫁得早，如果你同意她嫁给诺尔维尔托……

埃斯特万　不是出不出嫁的问题，而是她要离我而去，我就再也不能每天感觉到她的气息了。她对我一直怀恨在心，她压根都不正眼瞧我一下。一直以来她对我的蔑视，让我非常痛心，但是这一切反而变成了我活得自如的条件。这就是我要对你说的一切！可以说，在此刻我才真正意识到。对你说出这话之前，我仿佛还觉得不是这么回事呢。不过，事实的确如此，我是不能宽恕自己的，哪怕是你肯原谅我。

雷蒙达　问题不在于我原谅不原谅你，我刚知道这事的时候，我确实觉得即使千刀万剐也不解我心头恨。可是现在，我也说不清了。我根本就不会想到你能干出那种坏事来。因为你一向很好，我都亲眼见了，无论是对我，对我女儿，还是对下人和身边其他所有的人。而且你又是那么勤快，那么顾家。一直那么好的人，不可能一下子变得那么凶残。可这一切却是真的，我都糊涂了……想想都感到害怕。我那已经离世的妈妈跟我讲过好多次。我们都笑她，不信她的话。事实上，她预言的许多事情都应验了。死人是不会不管我们这些活人的。他们被抬到坟地埋葬的时候，本以为他们从此远去了，其实不然，他们是日夜守在生前爱过和恨过的人身边的。所以，很多时候，我们才会想到那些出人意料的事情。

埃斯特万　那你认为……

雷蒙达　这是惩罚，我原来的丈夫不会原谅我为他的女儿又找了一个爸爸。人世间本来有很多事情是没法解释的。就像你这么好的一个人居然会变坏。一直以来你是一个好人啊。

埃斯特万　是的，一向是的。听你这么说，我感到安慰多了！

雷蒙达　不要出声，你听。好像有人从后门进来了。说不定是诺尔维尔托的父亲带着人找我来了。应该不是法院的人，因为他们会走这边。我去看看。你快到里面去，梳洗一下，换件衬衫，别让人看见你像一个……

埃斯特万　你想说像个罪犯，是吧？

雷蒙达　没，没有，埃斯特万，咱们何必还要相互折磨呢。当务之急是堵住人们的嘴，然后再仔细安排。我想让阿卡西娅到恩希纳尔，和修女们住上几天。她们都很喜欢她，老是打听她的消息呢。然后给阿德拉达的嫂子欧赫尼娅写封信。她也很疼爱这闺女。就叫她到那儿去。谁知道呢。她可以在那边找到对象。会有门当户对的小伙子来追求她。在这儿本来就是瞩目的对象。她结婚以后还可以回来，然后生儿育女，咱们也可以当上外公外婆。等老的时候，这个家也许又会充满欢乐的。要不是……

埃斯特万　要不是什么你说？

雷蒙达　要不是……

埃斯特万　你是不是说那个死了的人。

雷蒙达　是的。他将永远在我们中间幽魂不散。

埃斯特万　是的。永远不会。任何事情都能忘记，只有这事永远不能忘记。（退下。）

第十场

（雷蒙达和阿卡西娅）

雷蒙达　阿卡西娅！原来是你啊，我的孩子！

阿卡西娅　是我。我已经在这儿待了很久了。诺尔维尔托的爸爸来了，带着他的下人们。

雷蒙达　他说什么了？

阿卡西娅　好像挺平静的。知道他没有什么危险……他们在等法医来做检查。法医到索蒂约处理一个案子去了，很快就到这儿。

雷蒙达　我们还是过去吧。

阿卡西娅　我想先同您谈谈，妈妈。

雷蒙达　你要和我谈？可真是出人意料！你可是一直不愿说话呀！什么事啊？

阿卡西娅　我知道，您已经想好怎么安排我了。

雷蒙达　你一直偷听？

阿卡西娅　我可没这个习惯。但是，今天算是偷听吧，因为您同那个人谈到我了。也就是说，在这个家里，碍事儿的人是我。没罪的人倒要替有罪的人挨罚。这一切只不过是为了您能跟您的丈夫过舒心日子。您可是彻底原谅他了，却要把我赶出家门，以防我碍着你们。

雷蒙达　你说什么？谁能把你赶出家门？谁想把你赶出家门？

阿卡西娅　您知道您刚才说什么了。您要把我送到恩希纳尔修道院，要我在那儿终了一生。

雷蒙达　我真没想到你会说出这种话来。难道不是你对我说想去跟修女们住几天的吗？难道不是我怕你住不惯一直没有答应吗？至于欧赫尼娅舅妈，你跟我求过多少次让我答应你到她那儿去！事到如今，为了我们大家，为了这个家，这也是你的家，你自己的家，咱们都需要抬头挺胸走出家门……你想怎样，难道要我去告发你本应该当作父亲的人吗？

阿卡西娅　您也想跟胡莉亚娜一样，想说我是罪魁祸首吗？

雷蒙达　我没这么说。我只知道，他一直没有把你当女儿，那是因为你从来都没有把他当父亲看待。

阿卡西娅　是我让他把我当成那样的吗？是我叫他去杀福斯蒂诺的吗？

雷蒙达　住口！那边会听见的！

阿卡西娅　您的美好愿望是实现不了的。如果您因为救那个人而隐瞒真相，那我就去告诉法院，告诉所有的人。我不会维护我的名誉。我绝不维护从来都不曾有过高尚品德的人的名誉，因为他只是个杀人凶手。

雷蒙达　不要说了，孩子，求你不要说了！你的话让我恐惧！我差点原谅他了，可是你却这么恨他！

阿卡西娅　是，我恨他，一直都恨他，他很清楚。要是他不想被我告发，就先把我杀了。看您到时候再爱不爱他！

雷蒙达　不要说了，孩子，不要说了！

第十一场

（雷蒙达、埃斯特万、阿卡西娅）

雷蒙达 埃斯特万！你说。

埃斯特万 说得对，她说得对！要离开这个家的不是她！我也愿意被她送上法庭。我去自首。请放心！不用等他们找上门来，我去找他们。你让我走吧，雷蒙达！你保住你的女儿吧。我知道你会原谅我的。但是，她不会！她一直恨我！

雷蒙达 不要，埃斯特万。我的埃斯特万！

埃斯特万 让我走，让我走吧，要不叫诺尔维尔托的父亲过来，我向他坦白。

雷蒙达 孩子，你看见了吧。他是因为你才这样的。埃斯特万，埃斯特万！

阿卡西娅 不要放他走，妈妈！

雷蒙达 啊！什么？

埃斯特万 你是想亲自告发我吗？为什么你会这么恨我呢？我一直没听见你叫过我一声爸爸！你不知道我一直是多么爱你呀！

阿卡西娅 妈妈……妈妈！

埃斯特万 我不是故意让你变成一个不该爱的女人。但是以前，我是多么爱你啊！

雷蒙达 到现在了你还不叫他爸爸吗，孩子？

埃斯特万 她再也不可能原谅我了。

雷蒙达 你会原谅他的，孩子，快去拥抱他。让他听听你叫爸爸。这样死了的人也会原谅我们的，会为我们高兴的！

埃斯特万　孩子！

阿卡西娅　埃斯特万！上帝，埃斯特万！

埃斯特万　啊！什么？

雷蒙达　你还不叫他爸爸？怎么，她昏过去了？啊！嘴对嘴，你还
　　　　抱她？滚，滚开，现在我才明白你为什么不叫他爸爸！现在我
　　　　才明白你才是真正的祸水，你该死！

阿卡西娅　是的。您可以杀了我！可我是真的爱他！

埃斯特万　啊！

雷蒙达　你说什么，你说什么？我杀了你！该死的女人！

埃斯特万　你不要过来！

阿卡西娅　快救我啊！

埃斯特万　你听见了吗，不要过来！

雷蒙达　啊！好啊！你们终于原形毕露了！也好！这样我死都无所
　　　　谓了！快来人啊！快呀，来人啊！抓住那个凶手！抓住那个女
　　　　人，她不再是我女儿了！

阿卡西娅　您快逃吧，快逃！

埃斯特万　我要和你一起！永远陪着你！就算是下地狱！我接受爱
　　　　你的报应！咱们一起走！他们要是来，就让他们到荒山野岭来
　　　　抓我们来！我会爱你，保护你，我会变成猛兽，六亲不认！

雷蒙达　来人啊，来人啊！凶手在这儿！抓住他！快抓凶手！

（鲁维奥、贝尔纳维、胡莉亚娜和村民从不同的门上。）

埃斯特万　走开，不想找死的走开！

雷蒙达　你逃不了！快抓凶手！

埃斯特万　走开，听见没？

雷蒙达　你杀了我！否则别想走出这个家门

埃斯特万　这是你逼我的！（用猎枪打伤雷蒙达。）

雷蒙达　啊！

胡莉亚娜　上帝哪！雷蒙达！阿卡西娅！

鲁维奥　您这是做什么，这是做什么？

村民　打死他！

埃斯特万　要打就打死我吧，我绝不反抗！

贝尔纳维　不行，要把他交给法院处置！

胡莉亚娜　那个人，那个坏蛋！雷蒙达！他把她杀了！雷蒙达！你
　　　听见我叫你了吗？

雷蒙达　听见了，胡莉亚娜，听见了！我不要没有忏悔就死去！我
　　　还不会死！你看，这么多血！不过，没关系！这是为我女儿流
　　　的！为我女儿！

胡莉亚娜　阿卡西娅！你在哪儿？

阿卡西娅　妈妈！

雷蒙达　啊！还好，我还以为你的眼泪只为他而流！

阿卡西娅　妈妈，不是，不是的！您是我的妈妈啊！

胡莉亚娜　她快死了，快死了！雷蒙达，阿卡西娅！

阿卡西娅　妈妈，您是我的妈妈！

雷蒙达　那个坏蛋不会伤害你了，孩子！你得救了！这血，像主的
　　　血一样，是在苦难中救人的，是神圣的！

〔幕落〕

——剧终

利害关系

（两幕、三景并一段开场白）

剧中人物

堂娜赛丽娜   阿尔莱金

西尔维娅   上尉

波利奇内拉太太   潘塔隆

科隆比纳   客店老板

劳拉   文书

里塞拉   客店伙计甲

莱安德鲁   客店伙计乙

克里斯平   法警甲

法官法警乙

波利奇内拉

这是一个发生在 17 世纪初的虚构国度的故事。

第一幕

舞台前面是短幕，里面布置有门，门上挂着帘子。

以下由剧中人物朗诵。

克里斯平 这里将要上演一部古典喜剧。曾在乡村旅店，古典喜剧
为人们缓解过旅途的疲乏；在偏远的小镇广场，古典喜剧让那
些孤陋寡闻的乡巴佬如痴如醉；即便在人口众多的大城市，古
典喜剧在各类人中也受到了关注。例如，在巴黎新桥桥头的舞
台上演出的塔巴林，就吸引了很多观众。气宇非凡的学者，听
到喜剧幽默的台词后，勒住他的马儿，抛开苦苦思索的严肃事情，
舒展了眉头。总在市井晃来晃去的无赖恶棍，在人们的欢笑中
忘记了暂时的饥饿。那些教士、贵妇人、坐着华丽马车的贵族、
天真单纯的少女、军官、商人以及学生，这些在任何场合都不
可能相遇的持有各种身份的人，却能在舞台前面一起欢笑。他
们持续欢笑，大多数原因却不是喜剧，而是严肃之人被爱笑之
人感染，聪明人嘲笑傻瓜们，穷人们因为看到眉头常锁的富人

欢笑而跟着开怀，富人因为看到穷人欢笑良心稍安而展开笑容。还有什么能比共享欢乐能让人心灵相通？那些王公贵族也会一时兴起，让喜剧走入自己豪华的宫殿。即使在这样恢宏的地方，喜剧也一样不减放肆恣意的言行。所以，喜剧隶属所有的人，喜剧愉悦所有的人。喜剧融合了人们的智慧、讽喻和俗语，它能反映那些陷于苦难的人们的哲学。苦难的人们因为习惯于逆来顺受，反而变得豁达：因为本来就不指望从人间获得什么，所以也就能够随心所欲地嘲笑人世。喜剧的民间特征经过文人的处理，如同那些关于仙女故事里的痴情王子一样，比如莎士比亚、莫里哀把灰姑娘高举到了诗歌和艺术的神圣殿堂。本部戏剧并非来自如此生花的妙笔，只是因为一位当代诗人因抑制不住澎湃的激情而写出来呈给诸位消遣。这部喜剧很是滑稽，情节也十分荒诞，不是根据事实创作而来。诸位很快就会看到，剧中讲的故事绝不可能发生，剧中人物的性格也不像真人那么饱满，有些像纸质的玩偶，但是贯穿这些玩偶的线索，即使处于昏暗，连视力最差的人也能够看得清楚。这些人物是属于意大利剧种的已经定型的滑稽角色，只是没有那么轻松欢快，因为经过漫长的岁月，他们都做了深刻的思索。这样一个粗糙的喜剧和当代修养极高的观众朋友并非那么相配，因此，只好乞求诸位宽容大度一些。作者希望诸位能在观看中唤醒自己童稚的心灵。因为世界虽然苍老疲惫，然而艺术却不甘衰落，也不想故作姿态，假装娇气和稚气……请看，这些古老的喜剧丑角们正在准备以荒诞的言行，为诸位增加一点人生的欢欣。

〔换景〕

第一景

景：城市广场，右边前景为客店正面，有一扇开启自如的门，门上挂着一个大大的门环，门的正上方挂着一块印有"客店"的牌匾。

第一场

（莱安德鲁和克里斯平从左边第二道幕出）

莱安德鲁　克里斯平，这肯定是座大城。看那如虹气势，多么繁华啊！

克里斯平　不，是两座。愿上帝保佑，让我们去好的那座吧！

莱安德鲁　两座，克里斯平？我明白了，一座古城，一座新城，被河隔着是吧？

克里斯平　什么新城啊、古城啊、河的？其实在全世界所有城市里你都能寻到这两座城，一座是供富人们声色犬马的，一座是为你我这类人遮风挡雨的。

莱安德鲁　是啊，没给人逮住，能安全到这儿，就算是不幸中的万幸了！我现在烦透了四处流浪，真想在这儿多待些日子。

克里斯平　我不像你，我本就是浪子，东奔西走，四海为家惯了，我可不想老死在一个地方，除非是上了苦役船。苦役船上可不好玩，不过，既来之，则安之，我发觉这座城倒像个要塞，咱们应该学学人家足智多谋的指挥官，制订一个周密的作战计划，去攻陷它，你觉得如何？

莱安德鲁　别说梦话，你我可只有两个人啊！

克里斯平　怕什么，我们是人，我们要对付的也是人啊。

莱安德鲁　我们就只有两个肩膀上长的两个脑袋。我知道你肯定不愿意卖我们身上的衣服，不过如果使劲儿卖，也总能卖那么一点钱的。

克里斯平　那我宁愿忍痛剥皮卖钱，也不会卖掉我的衣服！你知道这年头，没有什么比衣装更重要，人家就看着你的衣着给你戴帽。

莱安德鲁　我们现在可怎么办呢，克里斯平？我是又饿又累，没一点精神了，连脑子也不好使了。

克里斯平　我们需要耍点儿心计，变得厚脸皮。如果没有厚脸皮，再妙的心计也是白搭。你看这样行不，你就少说话，要带着一点没好气的感觉，装个重要人物的角色；而且我允许你时不时对我动动拳脚；如果谁和你对话，你的反应都要让人感到高深莫测；如果是你主动和人交流，要严肃庄重，让人感觉到你是一个一言九鼎的人。你看你又年轻又英俊，直到现在，你还没有好好开发这些资源，现在是到利用这些资源的时候啦。你就放心，好好听我安排。对一个人来说，还有比在身边有一个不停夸奖的人更好的事吗？这是因为，人谦虚了是愚蠢，自吹自擂是疯子，这两样性格都能使人做不成事。人相当于商品，标价的高低，全靠商人推销的本事。我敢放下狠话，就算你是块玻璃，到了我手里，也会让你变成钻石。我们这就走吧，就到这家客店，我们先住下来，就在广场旁边。

莱安德鲁　你说什么胡话，住旅店？我们哪有钱付费？

克里斯平　如果像你这么胆小的话，我们只好找医院或福利院了。如果妄想有人发发慈悲，我们就去沿街乞讨；如果要冒险，我们就去拦路抢劫。像咱们这种情况，除了这些，还有什么办法？

莱安德鲁 我有几封写给这个城市重要人物的推荐信，他们也许能救咱们。

克里斯平 别痴心妄想，撕掉那些信，再不要想这种烂主意！我们一定要靠自己的能力。去死吧推荐信！今天他们盛情款待你，对你说"不要客气"，像在自己家一样，有事尽管说；到你第二次去的时候，仆人肯定会告诉你，主人有事出去了或者那儿根本没有这个人；第三次去的时候，恐怕连开门的人都没有了。这个世道就是你来我往的事，像商品货店、交换场所，得到之前必须给予。

莱安德鲁 我身无分文，有什么可给予的？

克里斯平 你也太看不起自己了吧！堂堂男子汉怎么会一无是处呢？如果当兵，就可以拿自己的勇敢赢取胜利；如果做情人或丈夫，就能用甜言蜜语拂去藏在贵妇或少女心里的烦恼；还可以给看上你的权贵们当差，努力得到信任。简直太多了，我就不再说了。要是爬得上去，什么垫脚石都能利用。

莱安德鲁 可我连你说的垫脚石都没有啊！

克里斯平 我能用自己的肩膀给你垫脚，你绝对可以受人瞩目。

莱安德鲁 如果我俩都摔倒在地呢？

克里斯平 希望土地是软的。（拍客店门环。）喂，老板！喂，喂！老板，有人没？怎么没人回应？什么破客店？

莱安德鲁 你开始喊，怎么能那么大声嚷嚷？

克里斯平 哪有让人这么等的，太不像话了！（再次提高声音。）来人啊！喂，喂，老板！人都死到哪儿去了！

客店老板 （在后台。）是谁？这么大喊大叫的！就不能等等嘛。

克里斯平 还要人怎么等？怪不得有人说，有身份的人不应该到这个破店来住的。

第二场

（两个伙计跟着客店老板从客店里走出来）

客店老板 （边从客店向外走。）稍等，这可不是小店，这是旅馆，好多大人物都在这儿住过。

克里斯平 你这话倒让我很想见这些大人物了。我知道，这破地方哪有什么大人物，不过都是些小人物罢了。看看你的这些伙计，都是些呆若木鸡，连贵贱都不分的家伙。还不快点来伺候？

客店老板 说句不好听的，您有些不讲道理！

莱安德鲁 我的仆人很忠诚，就是有点太认真了。不过也请您少说废话，赶紧给我们主仆二人各准备一间房吧，您这店还凑合，反正我也住不多长时间。

客店老板 抱歉，先生。您应该早点说……主人总是显得彬彬有礼。

克里斯平 是我的主人心肠好，人又随和，随便能将就，不过，我主人需要什么只有我知道，你们少插手。快带我们看看房间！

客店老板 你们的行李呢？

克里斯平 我们可不是学生或士兵，你以为会带铺盖，或者提个什么？你也不要预想我的主人会有许多车马载着行李正在赶来，不瞒您说，我的主人是来完成秘密任务的。

莱安德鲁　闭上你的嘴，这事是你能说的吗？你看着……如果因为
　　　　你多嘴我被发现了！……（拿起剑吓唬着打过去。）

克里斯平　快救我，他真会杀了我的！（跑。）

客店老板　（走到莱安德鲁和克里斯平之间。）先生，请息怒！

莱安德鲁　我得好好教训教训他，我最讨厌他说话没遮没拦了。

客店老板　饶了他吧，先生！

莱安德鲁　不要拦我，让我好好教训他，好让他长长记性！（刚要打
　　　　的时候，克里斯平窜到客店老板身后，结果客店老板挨了打。）

克里斯平　（呻吟着。）哎哟，哎哟！

客店老板　哎哟，该叫的人是我啊，挨打的可是我啊！

莱安德鲁　（对克里斯平。）都怪你，让这个不幸的人挨了打。快道歉！

客店老板　不必。我不会跟他计较的。（对伙计。）还愣在那儿干什么？
　　　　快收拾一下曼图亚大使常住的那间屋子，好让这位先生就餐。

克里斯平　让我去看一下，如果他们干了蠢事，到头来还得让我受过。
　　　　我的这位主人，您可是见识过了，容不得半点差池……我跟你
　　　　们去，伙计们……我的主人很难伺候的，谁也保不准你们会有
　　　　好运还是霉运。（克里斯平和伙计一起走进去。）

客店老板　（对莱安德鲁。）我能知道您尊姓大名，从何处来，来这有
　　　　何贵干吗？

莱安德鲁　（看见克里斯平从客店走出来。）去问我的仆人吧……不过
　　　　要记住，有些不该问的就别问……（走进客店。）

克里斯平　好大的胆子啊！竟敢询问我的主人？千万不要再打扰他，
　　　　如果您还想让他在您的店里多待一个钟头的话。

客店老板　请谅解，我们得依指令而行。

克里斯平 千万别跟我主人提什么狗屁指令！快闭上你的臭嘴。要是您知道我们是什么人，您肯定不会说这些不着边儿的话啦！

客店老板 可我就连……都不能知道吗？

克里斯平 真是见鬼……您还不明白吗？非要让我的主人出来告诉您该知道些什么，不该知道些什么吗？像我主人这等人物最会挑人毛病，到时如果出现差池您就后悔去吧！真是有眼无珠，您就一点都看不出我的主人是何等人物？还要说什么？快走！快走！（把老板推进了客店。）

第三场

（阿尔莱金和上尉从左侧第二道幕走出）

阿尔莱金 转完这座城市，我觉得，毫无疑问，最最好的办法还是赶快再回到这家客店。人得每天吃饭，这可真是个要命的习惯！

上尉 我沉迷于您节奏优美的诗作！只有诗人才有这样的特权！

阿尔莱金 但愿诗人从此富足！不过说实话，我有些怕到这家客店。希望您的宝剑能保佑我，让咱们还能赊账。

上尉 现在可是商人的天下，我的宝剑与您的灵感已经毫无价值……咱们的处境实在困窘！

阿尔莱金 说得没错。歌颂光辉业绩的高尚诗篇已过时了；即使费尽周折爬到权贵们的脚前去阿谀或讽刺，也没什么效果了。奉承还是嘲讽，他们都无所谓：对奉承不欣赏，对嘲讽不害怕。假如阿莱廷诺能活在现在，也会被活生生饿死的。

上尉 那我们是什么，您说说看？就因为我们在最后的战役中吃了败仗。但是，与其说我们不敌强劲的对手，不如说是战败的根源是那些商人统治阶层。因为是为了捍卫他们的利益而战，所以士兵们在战争中没有了勇气和斗志。这年代，谁愿意为别人的事情去送命呢。而他们，没有一个人愿意入伍出战。却每次都拿出一个铜板要索取高额利润，而且还得立马付清，当看到战争趋于失败就宣布要同敌人结盟。事到如今，他们却怪罪我们，指责我们，嘲笑我们，甚至还想扣下他们以为可以补偿我们血汗的那些少得可怜的薪酬，要不是怕受到他们奴役的民众有一天会愤恨起义，他们真恨不能把我们驱散。要是真到了那一天，如果我们明白真理和正义在哪里，我要他们好受！

阿尔莱金 如果真能如此……我一定会支持你们。

上尉 诗人在任何事上都是靠不住的，因为你们的心和蛋白石一样，什么样的光线照出什么样的色彩。今天歌颂新生的事物，明天赞美死亡的东西；然而，你们更趋于热爱颓败，因其具有哀伤情感。因为你都爱贪睡，所以常常只能见到落日而非黎明的彩霞，更清楚夕阳而不是晨光。

阿尔莱金 我可不是这样的人。我曾经多次见到朝阳，因为没有安睡的地方。我的境遇是多么的凄惨，怎能指望我会像云雀一样去为经受黑暗的黎明而放声歌唱？您想不想去试下运气呢？

上尉 能有什么办法！咱们还是坐下吧，看老板给我们什么脸色。

阿尔莱金 喂！喂！有人在吗？（冲着客店喊。）

第四场

（客店老板走在前面，客店伙计、莱安德鲁和克里斯平接着依次从客店走出）

客店老板 啊，是你们啊！先生们，抱歉，今天本店停止营业。

上尉 可以问问为什么吗？

客店老板 你们还好意思问！你们以为我店里的花销也是从哪儿赊来的？

上尉 哦！就因为这个？难道我们赊账不值得你信任，不能赊吗？

客店老板 正是。我没妄想从你们手里收钱，现在已经施舍得够多了。还请二位另谋去处吧！

阿尔莱金 您以为在这个肮脏的世界上，钱就是所有吗？您得想想我曾写过一首十四行诗让贵店声名远播，贵店的清炖鹌鹑和野兔肉饼也因此名噪一时，当然，上尉先生也用他的宝剑维护着贵店的名声。这是什么世道啊，一切都成了金钱买卖！

客店老板 我没兴趣跟你们耍嘴皮子！我不需要您这个诗人的诗，也不需要上尉的剑，也许他的剑会有用武之地的。

上尉 看来我需要用剑来教训这个下眼观人的混蛋！（拿剑打客店老板。）

客店老板 （喊叫。）你要干什么？打我？上帝啊！救命啊！

阿尔莱金 不值得生这下流东西的气！

上尉 我要宰了这混蛋。（用剑抽打。）

客店老板 哦！救命！

伙计甲、乙 （冲出客店。）老板快被他们打死啦！

客店老板 快救我啊！

上尉　谁敢过来就杀谁！

客店老板　你们怎么还不快救我？

莱安德鲁　（和克里斯平一起走出客店。）吵什么吵？

克里斯平　你们不知道这是我主人安寝的地方吗？吵吵嚷嚷，就不能安静些吗？我去叫警察了。

客店老板　完了，我忘了这还住着个贵人啊！

阿尔莱金　什么样的贵人？

客店老板　打听这个？您怕是吃了豹子胆吧！

上尉　先生，对不起，打扰了您的清净，都怪这该死的老板……

客店老板　这不是我的错，先生，都是因为这两个厚脸皮的家伙……

上尉　竟然说我厚脸皮？我豁出去了！……

克里斯平　停，上尉先生，要是这家伙侮辱了您，这里有人会为您讨回公道的！

客店老板　您想一下，一个多月任他们白吃白喝有谁受得了。现在我压根不想再伺候他们了，您看他们倒冲我嚷起来了。

阿尔莱金　可不是这样的，我总是忍让别人的。

克里斯平　您应该相信这位军人！

阿尔莱金　虽然我只吃过贵店的羊肉，喝了点贵店的羊汤，但你们怎么能轻易抹杀了我出自信念写就的赞美清炖鹌鹑和野兔肉饼的加长十四行诗呢？

克里斯平　这两位高贵的先生说得很对，诗人和军人是值得尊敬的。

阿尔莱金　啊，先生，您可真了不起！

克里斯平　我算得了什么呢？我的主人才不同凡响呢，而且尤其尊重诗人和士兵。

莱安德鲁　确实是这样。

克里斯平　请您记着，只要他在这个城里一天，你们的一切花销他都会替你们垫付。

莱安德鲁　的确。

克里斯平　你们会受到客店老板热情款待的！

客店老板　先生！

克里斯平　请您慷慨一点，像阿尔莱金先生这样的诗人连做梦都惦记着您的鹌鹑、兔肉馅饼，您这么对他就是您的不对了……

阿尔莱金　您居然知道我的名字？

克里斯平　不是我，是我的主人。他熟知古今所有的诗人，只要是有资格配上诗人这份荣耀。

莱安德鲁　的确是这样。

克里斯平　没有哪个诗人能及得上您，阿尔莱金先生。不承想您在这儿如此备受冷落……

客店老板　抱歉，先生。我一定照您吩咐好好伺候他们，不过还得请您做个担保……

上尉　先生，如有什么地方需要我……

克里斯平　很荣幸认识了您。尊敬的上尉，只有这位优秀的诗人才配歌颂您的丰功伟绩！

阿尔莱金　先生！

上尉　先生！

阿尔莱金　那您读过我的诗吗？

克里斯平　非但读过！都能倒背如流了。"柔弱无骨的小手呵，爱时温润如玉，恨成斧钺刀枪"，这不就是您的诗作吗？

阿尔莱金 您刚才说什么？

克里斯平 "柔弱无骨的小手呵，爱时温润如玉，恨成斧钺刀枪。"

阿尔莱金 您确定是这首？这不是我的诗啊。

克里斯平 就算说成您的，也当之无愧。至于您，上尉，您的功绩早已尽人皆知，在尽人皆知的黑野战役中，您不是只带领二十个人就占领了红岩堡吗？

上尉 连这个您也知道？

克里斯平 当然知道啦，我主人绘声绘色已经讲过太多遍了！仅仅二十个人，才二十个人啊，您一马当先，在城堡里面……砰，砰，砰，枪炮喷涌而出，燃油火球倾泻而下……而你们，精诚团结，跟您一起冲锋陷阵。城堡里的人们……砰，砰，砰！战鼓……咚，咚，咚！军号……嘀嘀，嘀嘀，嘀嘀！而你们只持手中长剑，甚至你连剑都没有，咔，咔，咔！剑气如风……左挥一颗头，右砍一条胳膊……（边说边挥剑打客店老板和伙计。）

伙计甲、乙 哎哟，哎哟！

客店老板 住手，您有些忘乎所以，好像这事儿是真的一样！

克里斯平 你说什么，我怎么忘乎所以了？我的情怀素来高尚。

上尉 就好像您当时一定也在场。

克里斯平 一听我主人讲过这些之后，犹如亲历一般。你们竟用如此恶劣的态度对待一位英雄，一位真正的军人！……噢！好在我主人因公务在身来访此城。他会让您得到应有的尊重……天赋异禀的诗人和战功卓著的将领！（对客店伙计。）快！呆站在那儿干吗？还不赶快拿好东西款待他们，当然，我们还需要一瓶好酒，我的主人要同这两位一醉方休，他会很……还愣在那

88

儿等什么？快点！

客店老板　这就去，这就去，这个躲不掉的灾星！（和两个伙计一起走进了客店。）

阿尔莱金　啊，先生！我该怎么感谢……

上尉　该怎么报答……

克里斯平　可千万别提"报答"二字，这会使我主人蒙羞，他宴请过太多的王公贵族，这是他引以为傲的事！

莱安德鲁　的确如此。

克里斯平　我主人很少讲话，可你们都知道，我主人只要讲一句话都如醍醐灌顶，意味深刻，发人深省。

阿尔莱金　举手投足间透着不俗。

上尉　您不知道，有幸遇上像您这样的伟人，并且如此抬举我们，我们真是倍感安慰。

克里斯平　小事一桩。我的主人不止帮你们这点，他会带着你们，为你们谋取前程，我知道他的为人……

莱安德鲁　（转身对克里斯平。）你别胡说八道了，克里斯平……

克里斯平　我的主人不习惯说空话，他是个拿行动说话的人。

客店老板　（领着端着酒菜的伙计出来，开始摆桌子。）酒和饭菜……都按你们的要求弄好了。

克里斯平　尽情吃，痛快喝，你们有什么需要直接说，我的主人会为你们安排好一切的。这位老板绝对一点儿都不敢怠慢的！

客店老板　当然，但是，您要知道……

克里斯平　我现在不想听您说话，否则我又会大说一通。

上尉　为您的健康，干杯！

莱安德鲁 先生们，为你们的健康！为最优秀的诗人和最勇敢的军人，干杯！

阿尔莱金 为这高贵的先生，干杯！

上尉 为这大方的先生，干杯！

克里斯平 恕我失礼，我也为尊贵的客人、高贵的主人、忠诚的仆人的幸会干杯……对不起，你们知道，我主人公务繁忙，他不能在此多做滞留。

莱安德鲁 是的。

克里斯平 你们会每天为我的主人致以问候吗？

阿尔莱金 我会随时奉陪。我还要为他奏乐歌唱，同我的诗人、乐师朋友一起。

上尉 我一定叫上我的全部部下前来为你张灯结彩。

莱安德鲁 我可是个谦恭的人……

克里斯平 多吃一点，再喝一杯……快点！为这两位先生倒酒夹菜……（侧对上尉。）我们之间……想必你们缺钱用吧？

上尉 这怎么好意思说呢？

克里斯平 不用说啦！（对客店老板。）喂，过来！我的主人让您给这两位先生四五十埃斯库多①。可不要把我们的话不当回事，快去准备吧！

客店老板 好的！您说是四五十埃斯库多吗？

克里斯平 那就六十吧……先生们，请慢用！

上尉 最尊贵的绅士万岁！

阿尔莱金 万岁！

---

①埃斯库多：货币单位，在葡萄牙语中意为"盾"。

克里斯平　真是没教养，还不快喊"万岁"！

客店老板及伙计　万岁！

克里斯平　高贵的诗人、勇敢的军人万岁！

众人　万岁！

莱安德鲁　（侧对克里斯平。）你搞什么把戏？克里斯平，现在我们怎么逃脱？

克里斯平　我们怎么来就怎么走呗。你看见了，诗人和军人都已中了我们的计了……勇敢一些吧！咱们接着去征服世界吧！（众人相互致礼。莱安德鲁和克里斯平从左侧第二道幕退下。上尉和诗人准备吃客店老板和伙计端上来的烤肉。）

〔换景〕

第二景

景：背景是一个花园，园中有一阁楼。左前景有一开启自如的门。时间是夜晚。

第一场

（堂娜赛丽娜和科隆比纳从阁楼中走出）

堂娜赛丽娜　我快被活活气死了，科隆比纳！那些卑鄙贪心的小人竟敢作弄一个贵妇！你怎么有胆子将这话传给我听？

科隆比纳　您难道不需要知道吗？

堂娜赛丽娜　真不如死了算了！人人都这么说吗？

科隆比纳　是的……裁缝说，您必须把欠账还清，他才肯送衣服来。

堂娜赛丽娜　混账！忘恩负义的无耻之徒！他在这个城市的名声全是我给他的，要不是我向他定做衣服，他还能知道女装是怎么回事？

科隆比纳　还有厨师、乐师、仆役，都跟裁缝一个话，说拿不到钱今晚的聚会就不管了。

堂娜赛丽娜　一帮混蛋，天生就是奴才的命，变得这么无法无天了！怎么什么都是金钱说了算吗？什么都要讲究买卖吗？像我这种无依无靠的女人在这样的社会生存实在够惨了……一个没人维护的女人，高贵也好，善良也罢，实在是微不足道的。真是人心难测！世事变幻啊！肯定是碰到了灾星降世了！

科隆比纳　您这么灰心丧气的，我还头一次见，不要泄气，每次大灾大难您不都顺利地闯过来了吗？

堂娜赛丽娜　世道变了，科隆比纳。我已不再年轻，也不再漂亮，要知道当时的王公贵族可都是拜倒在我的石榴裙下的。

科隆比纳　您要相信，您现在其实更美，并且越发成熟，但是您要知道您当时待人接物的经验可没有现在丰富。

堂娜赛丽娜　别光哄我！当时二十岁的堂娜赛丽娜可从来没有这么愁过！

科隆比纳　您是说您的岁数吗？

堂娜赛丽娜　真不知道你是怎么想的？等你到了那个岁数你就会懂得珍惜，也许我说的你不信，我独自一人，只有当我为侄女当女仆的时候，我才真正有靠山。当时你不知为什么迷上了那个只会胡编乱造几首歪诗的阿尔莱金，一个不能给你任何东西的家伙，你真是虚耗青春，如果当初能好好利用自己的条件，我们也不会落到如此凄凉的境地啊！

科隆比纳　您想呢？我还很年轻，我想知道爱是什么滋味，想知道拿感情折磨人又是什么滋味。我会自重，我还不到二十呢。我可不缺心眼，可不会想着嫁给阿尔莱金。

堂娜赛丽娜　我不相信你，你太任性，太好幻想了。眼前还是想想怎么渡过这个大难关吧！他们可都是些有身份、有地位的客人，其中波利奇内拉及他的太太和千金对我来说意义非凡，你知道有很多人已经开始打这位千金的主意了，她可是一块人人垂涎的大肥肉，因为她的嫁妆丰厚，还可继承大笔他父亲的财产，所以不管最后谁娶了她，都得找我帮忙，所以我都会得到丰厚的报酬的。为了保险起见，我还让他们每个人都做了保证，谁叫我跟波利奇内拉夫妇交情深厚呢。像我们这种血统上蒙尘的贵族，也只能指望这个积攒点家私了，天知道……哪天哪个阔佬看上你，说不定这个家还能恢复昔日荣华，只可惜那帮小人欺人太甚，真不敢想这个晚会会怎样……要是开不成那我就完了！

科隆比纳　不要担心。招待客人的东西一应俱全。还有乐师、仆役，至于阿尔莱金先生，他起码是个诗人，他会应付自如的，并且他爱我也要有所表示啊，到时候他认识的街头无赖会帮上忙的。您就瞧好吧，您的客人一定会玩得痛快，不会让您失望的。

堂娜赛丽娜　哦，科隆比纳！如果真是这样，我就真不知道如何喜欢你啦！快去找你的诗人吧……别再浪费大好时辰啦。

科隆比纳　我的诗人？花园边上溜达的不正是他嘛，肯定是在等我的招呼……

堂娜赛丽娜　我不想被他看到，也不想自降身份……一切得有劳你了，我会知恩图报的，只要晚会上不缺东西，拮据的日子很快就会过去的……否则我就不叫堂娜赛丽娜！

科隆比纳　一切都会如您所愿的。您放心好了。（堂娜赛丽娜走到阁楼里。）

第二场

（科隆比纳。接着，克里斯平从右面第二道幕走了出来）

科隆比纳　（朝着右边的第二道幕边走边喊。）阿尔莱金！阿尔莱金！（碰到克里斯平。）阿尔莱金去了哪儿？

克里斯平　不要怕，美丽的科隆比纳，伟大诗人的心上人。您的爱人曾在诗篇中栩栩如生地称颂过您的姿容，不过，耳听为虚，眼见为实，您真人的美貌远胜传闻之上！

科隆比纳　您是诗人，还是仅仅虚意奉承？

克里斯平　虽然我与您的心上人认识不到一天，但我们志同道合，已经成了很好的朋友，所以我才会有机会向您致意，这都是阿尔莱金先生信任我们的友情，给我提供见到您的机会啊。

科隆比纳　阿尔莱金应该相信您的友谊，也相信我的爱情，但是不要以为一切都是自己的功劳。男人的外表跟女人的心一样，轻信不得，那是愚蠢至极的。

克里斯平 您的话让我发现，您的话要比您的容颜致命得多。

科隆比纳 实在不好意思，在今晚的晚会开始前，我必须要见见阿尔莱金先生，而且……

克里斯平 不必啦。我是专程奉主人之命，代我主人向您致意来的。

科隆比纳 请问您的主人是谁？

克里斯平 他是高贵、有权势的绅士……请见谅，我还不能说出他的名字。今晚我主人会参加堂娜赛丽娜的晚会，到时您就能见到他。

科隆比纳 在晚会上！难道您不知道……

克里斯平 知道。打探消息是我的责任。我知道，你们会有些小麻烦，不过请放心，不会有什么事的，一切都能解决掉。

科隆比纳 您如何知道？

克里斯平 我对您保证，一切应有尽有。佳肴、美酒、彩灯、烟火、乐师、歌手。这将会成为世上最气派的晚会……

科隆比纳 您不会是魔法师吧？

克里斯平 您很快就会了解我的。今晚这些优秀的人们齐聚一堂可真是命运的有意安排，所以不要被那些无关紧要的小事给搅浑了。我的主人知道，奇内拉先生的独生女儿、本城最好的待嫁姑娘、美丽的西尔维娅会随着她父亲出席，我的主人想要打动她、娶她为妻，所以一定会很好地报答堂娜赛丽娜的帮衬，当然还有您，假如您也同意帮助我们的话。

科隆比纳 您少兜圈子啦。您冒失的行为简直侮辱了我。

克里斯平 时间很紧，容不得讲究那些礼数。

科隆比纳 如果从仆人身上能看出主人的话……

克里斯平 您多虑了。我的主人可是位举止言谈优雅的绅士。我的粗鲁无礼恰恰衬托出他的优雅的举止，生活中的种种困苦，让最高贵的绅士干些龌龊的勾当，让最高贵的妇人做些下贱的工作。像这种的卑微与高贵集于一身的状况，会让人世显得黯淡无光。不过有个巧妙的办法可以解决这个问题，就是将那些集合在一个人身上的不同的品德在两个人的身上表现出来，比如我们主仆二人，不仅是一个整体，又能互为补充。但愿永远这样保持！我们每个人既有高尚的一面，也有卑屈的一面，高尚时向往着做出最伟大、最壮丽的事业，卑屈时则会自甘堕落、为了生计忘记廉耻……一切的关键在于将二者截然分开了。这样一来，如果一个人做了见不得人的丑事，就会说：那一定是我仆人干的。就算我们的生活再如何贫困潦倒，我们的灵魂总得保留一点比现实要美好的感情。要是我们不认为自己比现实要好的话，那也有点儿过分自卑和自贱了……现在您就应该能知道我的主人是什么样的人了：他的情操堪称完美。您也可以揣测我是什么样的人：下流卑贱，整日说谎，不过作为奴才的我绝对忠诚，能够牺牲自己成就主人那腾飞的事业，还有他那高尚的情操及理想主义的绅士风范，忠诚是我身上最宝贵的地方。（后台传出音乐声。）

科隆比纳　怎么会有这样的音乐？

克里斯平　是我主人带来的一大群仆役和听差，另外还有阿尔莱金先生带来的歌手和诗人团体，以及上尉带来的举着火把的士兵队伍，场面会很壮观的……

科隆比纳　您的主人到底是谁，本事这么大？我得赶快告诉我的女主人去……

克里斯平　不用找啦。她已经来了。

第三场

（前场人物和从阁楼出来的堂娜赛丽娜）

堂娜赛丽娜　怎么回事，怎么会有这么多人？谁叫来的乐队？

科隆比纳　不用问了，今晚我们真是交好运了，城里来了位大人物为您
　　筹办今晚的盛会，他的仆人已经详细告诉我了。目前，我也还没
　　搞清他是个疯子还是骗子。不过，我敢肯定,那人一定与众不同……

堂娜赛丽娜　搞了半天原来不是阿尔莱金呀？

科隆比纳　您先别问……这一切就好像变魔术一样……

克里斯平　堂娜赛丽娜，请接受我的主人的诚挚问候吧。您是有地
　　位的夫人，他是高贵的绅士，你们的交往应该很相配。所以，
　　在他到来之前，我有必要说明。我基本了解了您过去的那些伟
　　大的事迹，我相信您是非常可靠的……不过，如果我一一说出
　　来，就有点对您不恭啦。这是我的主人的亲笔签名信（交给她一
　　封信。），如果您能考虑这上面所提的建议，他也一定会说到做到。

堂娜赛丽娜　信，承诺？……（默读。）怎么！如果能娶到那个姑娘，
　　先给我十万埃斯库多，波利奇内拉先生去世后再给十万？太胆
　　大包天了！对一个贵妇人竟然提这种建议，您最好知道我是什
　　么人，这是什么地方！

克里斯平　堂娜赛丽娜……请不要生气！这里没有妨碍您事的人。
　　请您把信收好……从此也不要向任何人提起。我的主人并未提

任何非礼的要求，您也不会接受有损您声誉的提议……这真是巧合，您知道爱神一般喜欢捉弄人。而这，一个仆人，我独自策划的。您还是高贵的夫人，我的主人还是高贵的绅士。今夜，您就是世界的中心，客人会围绕您起舞、聊天、谈心、彼此恭维，还有精美的食物、美妙的乐声、翩跹的舞姿，您的客人一定会称颂您的……一切都安排得那么顺利。在晚会上，音乐是用来掩盖话语的，话语是用来掩盖心声的，难道生活不就是这个样子的吗？音乐、欢笑与满杯的酒是宾客们最大的兴味。看我的主人，他彬彬有礼，特意向您致意。

第四场

（前场人物，莱安德鲁、阿尔莱金和上尉从右边第二道幕走出）

莱安德鲁　堂娜赛丽娜，让我来亲吻一下您的手。

堂娜赛丽娜　先生……

莱安德鲁　我想我的仆人大概已经向您讲清了一切。

克里斯平　我的主人为人诚恳，讲话很有分寸。对您很仰慕。

阿尔莱金　待人接物很有礼貌。

上尉　简直完美。

阿尔莱金　人之天赋。

上尉　精美绝伦的诗才。

阿尔莱金　胜似千军万马统帅的才干。

上尉　处处显得不同凡响。

阿尔莱金　简直就是举世无双的尊贵绅士。

上尉　我的剑将永远效力于他。

阿尔莱金　我将用最美的语言把他赞颂。

克里斯平　算了，算了，不要再亵渎他谦恭的本性了。他生来羞怯内敛，禁不住你们这样夸他的。

堂娜赛丽娜　受人爱戴的人无须开口。（在互致敬意之后，众人从右边前幕退出。对科隆比纳。）科隆比纳，你有什么想法？

科隆比纳　主人举止儒雅，仆人厚颜无耻。

堂娜赛丽娜　其实都用得着的。要么是我不谙世事，不懂男人，要么就是喜从天降，财神进家门了。

科隆比纳　的确是财神；您对世事那么谙练，至于对付男人，就更没得说！

堂娜赛丽娜　里塞拉、劳拉，是先来的客人吧……

科隆比纳　这种热闹她们可不会错过，您陪她们吧，我想去看看这位绅士在干什么……（从右边前幕退出。）

第五场

（堂娜赛丽娜、劳拉和里塞拉从右侧第二道幕走出）

堂娜赛丽娜　你们二位来啦！我正说怎么没见到你们呢。

劳拉　是不是晚了？

堂娜赛丽娜　太想你们了，来得再早我也觉得晚。

里塞拉　我们推掉了另外两家宴会，专程来您这里的。

劳拉 虽然有人说您今晚会遇到麻烦,叫我们别来。

堂娜赛丽娜 就让她们去嚼舌根好了,我可得把晚会办得热热闹闹的。

里塞拉 要是不来,可要后悔一辈子啦。

劳拉 您有没有听说那个新闻?

里塞拉 都成了人们谈论的唯一话题。

劳拉 好像还挺神秘的。有人说是威尼斯的密使,也有人说是来自法国。

里塞拉 还有人说是来给土耳其大公选新娘子的。

劳拉 听说他是世间少有的美男子。

里塞拉 如果有幸能见见他……您真应该把他邀来参加晚会。

堂娜赛丽娜 没必要邀请了,他求我接待,我用不着请他的,二位。他早就到这儿了,你们很快就能见到他了。

劳拉 您说的都是真的吗?太好了,我们这件事算是做对了。

里塞拉 今晚咱们应该会被很多女人妒忌死的!

劳拉 没人不想结识他。

堂娜赛丽娜 我没费吹灰之力就如愿以偿了,他是听说我这儿有晚会才来的。

里塞拉 您一向如此,贵人们到本地哪有不来拜访您的道理?

劳拉 我有点迫不及待想见到他了……赶快带我们去吧,求您啦。

里塞拉 是,我也迫不及待了,快带我们去吧。

堂娜赛丽娜 对不起,我得接待波利奇内拉先生一家。不过,你们可以自己去找他,很好找的。

里塞拉 也好,咱们自己找他吧,劳拉。

劳拉 咱们走,里塞拉。这会儿还不太乱,否则待会儿连靠近的机会都没了。(二人从右侧前幕后退出。)

第六场

(堂娜赛丽娜，波利奇内拉、波利奇内拉太太和西尔维娅从右边第二道幕走出)

堂娜赛丽娜　波利奇内拉先生，是您啊！我正担心您不来参加晚会呢。要是您不在，这晚会也就没有开头了。

波利奇内拉　不该怪我的，谁叫我妻子有那么多衣服呢，不知道穿什么好。

波利奇内拉太太　事事都得顺着他，我什么模样都可以……您看，我都快喘不上气来了，都怪他火急火燎地催我。

堂娜赛丽娜　今天是我见过您最漂亮的一次。

波利奇内拉　都已经穿成这样了，还有一多半首饰没戴呢，要是她有气力戴那些首饰的话。

堂娜赛丽娜　靠自己本事挣来的钱就需要自己妻子拿来炫耀，这点您最有资格。

波利奇内拉太太　我常对他说要好好享受生活，多干点好事儿，不是很好吗？您看，现在倒好，他竟想把女儿嫁给一个商人。

堂娜赛丽娜　哎，波利奇内拉先生！您的千金完全能配得上一个比商人强上一百倍的女婿，我劝您改改主意，不要为了利益让您女儿伤心，您说呢，西尔维娅？

波利奇内拉　她被那些才子佳人之类的小说、诗歌给迷住了，一心

　　　　只想找个小白脸，我可是坚决反对的。

西尔维娅　只要你们觉得行，又能合我意，我都听你们的。

堂娜赛丽娜　讲得真好。

波利奇内拉太太　你爸眼里就只有钱。

波利奇内拉　不，如今这世道，钱才是衡量一切的标尺，没钱寸步
　　难行啊！

赛丽娜　要是这么说，那人品、才学、血统呢？

波利奇内拉　我清楚得很，你说的这些毫无疑问都能用钱买得来，
　　而且不贵，我就买到过很多。

堂娜赛丽娜　哎呀，波利奇内拉先生！您可真会开玩笑。我知道您
　　是一位慈祥的父亲，若是您的女儿爱上了一位高贵绅士，您应
　　该不会反对的，这可是没法用钱来衡量的。

波利奇内拉　您倒是说了句实话。为了我的宝贝女儿，我会不惜一切的。

堂娜赛丽娜　甚至倾家荡产也在所不惜？

波利奇内拉　表明爱心的途径很多。如果要倾家荡产，我会去偷、
　　去抢、去杀人……任何代价都会愿意去付。

堂娜赛丽娜　我相信你总会把家业都搞好的，哦，晚会已经开始了。
　　西尔维娅，跟我来。我专门为你挑了个绅士当舞伴，等着瞧吧，
　　她会出尽风头的……（众人同时向前幕右边走去。波利奇内拉刚
　　要退出的时候，克里斯平从同一边第二道幕走出，拦住了他。）

第七场

（克里斯平和波利奇内拉）

克里斯平　波利奇内拉先生！请等等。

波利奇内拉　谁找我？您叫我有什么事吗？

克里斯平　你真是贵人多忘事，不记得了？这也不奇怪，时间是忘却的催化剂，如果留存在记忆里的是不愉快的东西，那么也就忘得更加彻底了。当然不仅如此，要是在时间上涂点欢快的颜色也能用来遮丑藏羞。波利奇内拉先生，当年你我相识的时候，几块土灰的破布还遮不住您干的那些个勾当。

波利奇内拉　你到底是谁，你在哪见过我？

克里斯平　当时我还小，而你已到不惑之年。难道你已经忘记了海上的光辉业绩和打败土耳其人的荣光？要知道，当时我们也是携手并肩在那条光荣的船上①同执过一根船桨的。

波利奇内拉　你少胡说八道！闭嘴，小心……

克里斯平　您是不是就像对待您在那不勒斯时的第一个主人，就像对付在博隆尼亚时的第一个妻子，就像对付在威尼斯时遇到的那个犹太商人……就那样来整治我吗？

波利奇内拉　闭嘴，原来是你这个混蛋，难怪你知道这么多，还没完没了了！

克里斯平　我嘛……还是老样子。不过，我也可以达到你的这个成就……就像你已经做到的一样。不过，我可不像你这个不得好死的可怜虫一样去残暴地打劫杀人，时代早就不同了。只有疯子、那些失恋的人及那些混迹于破街烂巷中的穷鬼才会去杀人。

波利奇内拉　你若是想敲诈钱，咱们可以好好商量。但是这儿不是说话的地儿……

_____
①指惩罚囚犯的苦役船。

克里斯平　没必要为了几个钱就这么害怕。我只不过是像从前那样和你交个朋友，攀点亲戚什么的。

波利奇内拉　那需要我做什么？

克里斯平　不。我要善意地提醒您我是在为您效力……（让他朝右侧前幕方向看。）看见那位年轻的绅士和您的女儿了吗？看他们跳得多高兴，看看您女儿在听到奉承话后不是羞红了脸吗？那个风度翩翩的绅士就是我家的主人。

波利奇内拉　你的主人，我敢断定他也是个混蛋、流浪汉、亡命天涯的人，就像……

克里斯平　您的意思是……就像您和我一样是吧？不，他可比我们危险百倍，你看到了吧，就因为他仪表堂堂，两眼顾盼生情，声音甜美动人。这难道不足以迷住所有女人吗？我现在可要提醒您，快点将您的女儿从他身边拉开，一辈子也不要让她再见到他，听他的甜言蜜语，否则您会后悔的。

波利奇内拉　有你这样为主人干事的吗？

克里斯平　这有什么奇怪的？想想您自己是怎么当仆人的吧，至今我还没想过要宰他呢！

波利奇内拉　你说得很有道理。主人总得不到什么好下场。你为我效力，想图点什么呢？

克里斯平　我想抵达美好的终点，当年我们一起划船时就已经明白，你也许记得，当年因为我力气大，您曾说过要我替您划船，现在时过境迁，该是您为我这位您忠诚的朋友划船的时候了。因为人生就像一条航船，我不想划太久（从右侧第二道幕退出）。

第八场

（波利奇内拉、堂娜赛丽娜、波利奇内拉太太、里塞拉和劳拉从右侧前幕后走出）

劳拉　这样的晚会也只有堂娜赛丽娜才能办到。

里塞拉　今晚真是比以往的任何晚上都要美好。

堂娜赛丽娜　更因为有了那位非同一般的绅士的光临。

波利奇内拉　西尔维娅去哪儿了？你是怎么照看我女儿的？

堂娜赛丽娜　别着急，波利奇内拉先生，您的女儿有伴侣陪着，在我家您就放心吧。

里塞拉　她没有受到半点委屈。

劳拉　蜜语甜言听不完。

里塞拉　情话绵绵听不厌。

波利奇内拉　如果你们说的是那位神秘的先生，那我一点都不感兴趣，给我马上……

堂娜赛丽娜　波利奇内拉先生！但是……

波利奇内拉　用不着管我！我清楚自己在干什么。（从右边前幕后退出。）

堂娜赛丽娜　这是怎么回事？这是不是有点太过分啦？

波利奇内拉太太　你们看见了吧，他对那位绅士如此无礼是要铁了心将女儿嫁给那帮下三烂的商人，他是铁了心不让我女儿这辈子顺心。

堂娜赛丽娜　那怎么能成！……这当妈的可必须得做点主啊……

波利奇内拉太太　你们看看，他肯定得罪了那位绅士，那个绅士已经扔开西尔维娅的手了，他已经低着头走了。

劳拉　您的女儿好像正被他父亲数落……

堂娜赛丽娜　快，快走，可不能由着他胡来。

里塞拉　我们终于明白了，波利奇内拉太太，虽然您很富足，但却过得一点也不开心。

波利奇内拉太太　这还算好的，他甚至会动手打我。

劳拉　什么？这您都能容忍他？

波利奇内拉太太　事后他随便给我买点什么东西以为就能将功补过了。

堂娜赛丽娜　这已经算是好的,有的丈夫压根连个表示都不会有。（众人同时从右边前幕后退出。）

第九场

（莱安德鲁和克里斯平从右侧第二道幕走出）

克里斯平　太让人伤心了！我本以为你乐开了花呢！

莱安德鲁　目前我还没完全暴露吧；但是情况不妙啊，我似乎快要暴露了。要不我们还是逃吧，克里斯平。趁人家还没看穿咱们，咱们赶紧跑吧！

克里斯平　要是我们一逃，马上就会被人发现，一旦被发现，他们就不会放过我们，直到追到并逮到我们。更何况这些人如此热情周到，我们一走岂不太失礼了。

莱安德鲁　克里斯平，不要说笑话了，我都快急死了。

克里斯平　你竟然这么沉不住气！不要急，事实上现在正是咱们大干一场的时候。

莱安德鲁　还有什么希望呢？我就是装不出来爱她的样子。

克里斯平　你说这是为什么？

莱安德鲁　因为我打心眼里已经爱上了她，真的爱上她了。

克里斯平　是爱上了西尔维娅吗？这有什么好难过的？

莱安德鲁　流浪过、逃跑过许多地方后，我的心已死，我以为我再也不会爱上什么人了，没想到我竟然会爱上她。想想以前人们怒目切齿地看我们，就连阳光都狠毒地挖苦我们，还有土地也不容我们稍微缓缓疲倦的身躯，所有的收获都是偷来的，到现在我的嘴上还留着爱的余味儿。有一次，在一段担惊受怕的日子之后，我得到了一个休息的机会。那天夜里，我突然发现天空很宁静，我幻想过有一天我的心灵也能像那晚的夜空一样的宁静……那是我有生以来初次体味到宁静的休息，而且还做了个美梦……如今竟然又开始做梦了！但是，克里斯平，我们明天又得提心吊胆的，怕官府来逮捕咱们……我不愿意因自己在这儿被逮而让我心爱的姑娘蒙羞。

克里斯平　但是你在这儿确实很受欢迎啊……很多人都这么认为。堂娜赛丽娜，还有我们刚结交的好友上尉和诗人，都对你赞誉有加。就连那位一心只想同贵族攀亲的母亲，波利奇内拉太太，她也很喜欢你，他把你当成理想的女婿。但是波利奇内拉先生……

莱安德鲁　我觉得他对我们怀有戒心……像早就认识我们……

克里斯平　对，想要蒙混波利奇内拉先生可不容易。想要对付这种老狐狸，最好的办法就是提醒他小心上当，表明忠心去诱他上钩。

莱安德鲁　你说什么？

克里斯平　我就是这么说的。其实他早就认识我……在我告诉他你就是我的主人时，他肯定会想，而且也合情合理：有什么样的仆人就有什么样的主人。而我呢，为了回应他对我的信任，就提醒他，提防让他的女儿和你接近。

莱安德鲁 既然你已干出了这事，那我什么指望也没了。

克里斯平 你可真够死脑筋，我是故意让波利奇内拉先生想尽办法阻止你再见到他的女儿的。

莱安德鲁 你这是什么意思？

克里斯平 我这么一说，他就和我们站在同一战线上了，你想想，只要他反对，理所当然他老婆就会同他对着干，而他的女儿呢！岂不是更加发疯地爱你了。我敢断定今天晚上她肯定会想法躲过他父亲的监视出来同你私会，这些自高自大的阔小姐在不能如愿以偿的时候都会这么干。

莱安德鲁 不过，你应该明白，我在乎的并非波利奇内拉先生还是别的什么人会怎么看我，我只是不想让她知道我是个卑鄙人……我不想对我爱的人撒谎。

克里斯平 行啦！不要说这种傻话！我们已经无路可退了。你应该想得出来，只要稍一犹豫，等待咱的会是什么结果。你都说你已经真的爱上那个姑娘了，这可比假装爱上她容易多了。如果是假装爱上，你就会心急坏事，不过在恋爱这个问题上，男人还是应该羞怯一点。因为男人羞怯了，女人反而会更大胆。看，天真可爱的西尔维娅已经蹑手蹑脚地走过来了，就为同你见一面。我要回避了。

莱安德鲁 西尔维娅来了？

克里斯平 嘘！可千万不要吓着她！她过来后，你要尽量小心说话……少说点……尽量少说……多观察，这优美的夜色和晚会上动人的曲调会替你诉说爱意的。

莱安德鲁 克里斯平，这是我的生命，可不许你随便取笑我的真爱。

克里斯平 我怎么取笑你了呢？我明白一个人总不能一直爬着行走。你去翱翔蓝天，我继续在地下爬行。世界会属于我们的！（从左边第二道幕退出。）

第十场

（莱安德鲁和西尔维娅从右边前幕后走出，克里斯平随后也走出）

莱安德鲁 西尔维娅！

西尔维娅 原来是您，请原谅我。没想到会在这儿遇到您。

莱安德鲁 晚会上欢乐的气氛反而使我忧伤，我就溜出来了。

西尔维娅 您也在忧伤吗？

莱安德鲁 您说"也"？怎么，您也在忧伤吗！

西尔维娅 父亲竟然对我那么凶。他可从来没有这样对我发怒过。您能原谅他的失礼吗？

莱安德鲁 怎么会不原谅呢，我都能原谅。可别为了我而惹您父亲生气。快回去吧，他们估计都在等您，可别让他们发现您和我在一起……

西尔维娅 是的，要不我们一起回去吧。您好像有点不开心啊！

莱安德鲁 不了，我就不过去了，我要悄悄走掉……我应该离您越远越好。

西尔维娅　您说什么？您不是有重要事情需要在本城办吗？您不是要在这儿待很久的吗？

莱安德鲁　不，不！一天也不想再待了！一天也不想再待了！

西尔维娅　那么……您刚才和我说的都是假话？

莱安德鲁　假话……没有，可千万不要认为我假心假意……我是真心的。我一辈子只真诚过这一回，但愿此梦长做不复醒。（从远处传来音乐。这个曲子一直响到幕落。）

西尔维娅　阿尔莱金在唱歌……您怎么啦？竟然哭了？是这歌声催您落泪？为什么不愿意让我分享您的悲伤呢？也许我能抚慰您的悲伤。

莱安德鲁　是我的伤心事啊！我的伤心事都在阿尔莱金唱的歌词里。您听吧。

西尔维娅　只可惜在这儿只能听到伴奏，歌词听不清晰。您不会唱这支歌？这首歌名叫《心灵世界》，是歌唱宁静的夜晚的。您不会唱吗？

莱安德鲁　您能唱给我听吗？

西尔维娅　风清月明的夜晚，盖在成对的情侣头顶。

夜空铺展开来，犹如婚礼的纱帐轻轻飘荡。

夏日悠悠星空，恰似一块柔顺丝绒，

夜神用他自己晶莹光洁的宝石点缀。

花园漆黑一片，分辨不出青绿赤红，

正是幽幽暗暗，给人神秘莫测之感。

树叶簌簌作响，花香缕缕飘荡，

而那爱情……反而激发泪的甜美欲望。

忧伤哀怨之中叹息，欢乐激动之间歌咏，

还有情侣之间悄悄倾吐私语心愿，

仿佛都是圣洁之夜对于神的莫大不敬，

好像在那祈祷之中插进粗言鄙语。

你这安恬精灵，我爱你至真至深，

因为你的静谧藏着不可言喻的含义，

表明默默相爱死去的人的深情，

诉着为爱而死未曾表白的人的心迹，

也替我们这些仍然活在人世的人们，

道出也许因为爱得很深反而没有说的心底秘密！

难道每次我在夜里听的不是你的声音，

本该说"我爱你"，说的却是"永恒之期"？

我的心灵之母亲！

仿佛爱的泪珠一样，

在夜空闪烁的星光，

难道不正是你那双眼睛闪烁不停？

告诉我那心爱的姑娘，

自你死去以后，

只有星光吻我，

因为今生今世我只爱你。

莱安德鲁　我的心灵之母亲！

自你死去以后，

只有星光吻我，

因为今生今世我只爱你。

（两人静静地拥抱，对视。）

克里斯平　（从左边第二道幕走出。旁白。）

夜幕、诗句、情人的疯言疯语……

这一切都起到了极大的影响！

胜利似乎在即！只要勇往直前！

谁能打败我们？爱在我们手中！

（西尔维娅和莱安德鲁相互拥着慢慢朝右边前面走去。而克里斯平悄悄地跟在他们后面。幕徐徐落下。）

〔幕落〕

第二幕

第三景

景：莱安德鲁家的客厅。

第一场

（克里斯平、上尉和阿尔莱金从第二幕自右侧过道走出）

克里斯平　先生们，请进，像在自己家里一样，随便坐。我吩咐下
　　人给你们端点吃的……哎！来人！

上尉　不用麻烦了。我们什么都不吃。

阿尔莱金　我们都已经知道了，我们来是向你的主人表示我们愿意
　　为他效力。

上尉　阴险之人必受报应，这的确难以置信，要是波利奇内拉先生
　　落在我手里……

阿尔莱金　在这方面诗人可独具优势了，我会用诗歌好好讽刺他一

顿，好好骂他一通！我要写一首讽喻诗……老恶棍、老顽固！

上尉　你说，你的主人竟毫发无损？

克里斯平　原以为他死定了，好在他机智勇敢，当然还有我的大叫，那可是十几名剑客的突然袭击啊！

阿尔莱金　事情就是昨夜发生的吗？你的主人和西尔维娅隔着墙讲话的时候发生的吗？

克里斯平　我的主人本来已经得到情报了……不过，了解他的人都知道，他可不是个畏首畏尾的人。

上尉　可是不管怎么说，你应该提醒他……

阿尔莱金　你应该让上尉陪他一起去。

克里斯平　你们非常清楚我的主人的厉害。他一个人就能应付了。

上尉　你们活捉了一个坏人，据说这是波利奇内拉一手策划的，他想干掉你的主人……

克里斯平　还会有谁敢这么做？他不同意他的女儿同我主人相爱，他只照自己的喜好给女儿找对象，他的一生只会清除他道路上的障碍。他不是在很短的时间里两次丧妻吗？他不是从老少亲友那儿继承了很多钱吗？这事人人都知道，可不是我在瞎编……波利奇内拉先生的财富实在是对人类的侮辱，对法律的亵渎啊。像波利奇内拉先生这种混蛋，只能在厚颜无耻的人面前夸口。

阿尔莱金　说得对极了，我要把这写成诗……当然不能指名道姓，因为这不符合写诗的意趣。

克里斯平　你的讽刺诗对他毫无作用！

上尉　就把这个老混蛋交给我吧，只要他能落到我手上……但是，你们也清楚，他不是那种会找我这样的人的人。

克里斯平　连我的主人都受不了波利奇内拉这种畜生。但他毕竟是西尔维娅的父亲。我们要让本城所有的人都知道我的主人如何差点儿遭到暗算这件事，而且要让他心甘情愿地支持他女儿的意志和感情。

阿尔莱金　恶人不能放过他。爱情至高无上。

克里斯平　如果说我的主人品行败坏的话……可是，我的主人能看上他的女儿不正是他的光荣吗？要知道我主人连王公贵族家的千金小姐都不放在眼里……还有多少公主为了他干些糊涂事！……哦，看看是谁来了？（朝右边第二道幕张望。）啊，是科隆比纳！赶快过来，美丽的科隆比纳，不要羞怯！（科隆比纳走出。）这儿可都是熟人啊。我们都很欣赏你，我拿我们之间的友情担保你会安然无恙的。

第二场

（前场人物。科隆比纳从右边第二道幕，就是过道，走出）

科隆比纳　堂娜赛丽娜让我来打听一下你主人怎么样了。今天一早西尔维娅就到我们家来对我主人讲了事情的始末。她说，除非是做了莱安德鲁先生的妻子，否则绝不回她父亲的家，要一直待在我主人的家。

克里斯平　她真是这么说的吗？啊，这姑娘太了不起了！太痴情了！

阿尔莱金　如果他们举办婚礼，我一定会为他们写赞歌！

科隆比纳　西尔维娅很担心莱安德鲁，她以为他受了重伤……她从阳台上听到了剑击和你呼救的声音，然后就昏了过去，直到天亮才醒。快说说莱安德鲁先生的情况。如果搞不清楚，她会急疯的，而且我的主人也担心。

克里斯平 那么就烦你告诉她，我的主人受爱神的庇护，一切安好。而爱情才是致命的创伤……告诉她……（看到莱安德鲁走过来。）哦！我的主人来啦，他可以告诉你们想知道的一切。

第三场

（前场人物。莱安德鲁从右边前幕后走出）

上尉 （拥抱莱安德鲁。）我亲爱的朋友！

阿尔莱金 （拥抱莱安德鲁。）尊敬的先生！

科隆比纳 莱安德鲁先生！看到您安然无恙，太让人高兴啦！

莱安德鲁 怎么？你们都知道了？

科隆比纳 这事已经传遍全城，成了人们街谈巷议的焦点，人们都在指责波利奇内拉。

莱安德鲁 这事你们是怎么看的？

上尉 如果有人还想袭击您！……

阿尔莱金 如果他还反对你们的爱情！

科隆比纳 这些都没用。西尔维娅在我的主人家里，她一心想同您结婚，否则的话绝不会迈出大门一步……

莱安德鲁 西尔维娅在你们家里？那她父亲……

科隆比纳 她父亲还算聪明，早就躲起来啦！

上尉　他太自以为是，为所欲为！

阿尔莱金　他总是为所欲为，但对爱情……

科隆比纳　他居然来暗杀您！竟用如此卑鄙手段！

克里斯平　整整十二个剑客，十二个啊……我数了好几遍！

莱安德鲁　我看到的就三四个吧。

克里斯平　我的主人这样说，是不想炫耀自己的镇静和勇敢……可是我看见了！十二个，十二个，全副武装，都是亡命之徒。他能逃得了性命真让人难以置信！

科隆比纳　我想我还是赶快去安慰西尔维娅和我的主人吧。

克里斯平　科隆比纳，照我说，对西尔维娅，还是不要安慰的好。

科隆比纳　我的主人会安排的。西尔维娅马上就会不顾一切地赶到这儿来，我的主人可拦阻不住，她还以为你的主人快死了呢。

克里斯平　你的主人考虑事情可是十分周全的。

上尉　既然什么忙也帮不上，那咱们还是走吧。让人们继续恨波利奇内拉先生，这才是重中之重。

阿尔莱金　咱们去砸他的家……煽动全城的人来反对他……要让他知道，虽然直到如今没有哪一个人敢和他作对，只要大家拧成一股绳，就敢跟他对着干啦。要让他知道，众人威力和信念是怎样的。

科隆比纳　到时候他会亲自来求您的。

克里斯平　你们快走吧，朋友们。你们知道，我的主人的生命还未脱离危险……想要杀他的人是绝对不会罢手的。

上尉　别怕……我可敬的朋友！

阿尔莱金　尊敬的先生！

科隆比纳 勇敢的莱安德鲁先生!

莱安德鲁 谢谢我亲爱的朋友们,你们如此忠诚。(除了莱安德鲁和克里斯平,其余的人从右边第二道幕退出。)

第四场

(莱安德鲁和克里斯平)

莱安德鲁 你到底想干什么,克里斯平?我知道剑客是你雇来的,全都是你搞的鬼,你的鬼话我是不会相信的,你打算用这些计谋把我引到什么地方去啊?要不是他们好敷衍,我可真的死定了!

克里斯平 你怎么还来责备我?这可是为了实现你的理想。

莱安德鲁 这样不好,克里斯平。绝对不行!我爱西尔维娅,不管怎样,我不愿意她受骗,我要爱得真实。

克里斯平 后果你比谁都清楚……如果因为良心的缘故而放弃真爱……估计西尔维娅本人也会憎恨你的!

莱安德鲁 你在说什么?要是她知道了真相可怎么办!

克里斯平 等她知道的时候你已经是他心爱的丈夫了,你已经不再是现在的你啦。到时候,你就是她所期望的、心爱的、忠实的、尊贵的丈夫……一旦得到了她的爱……以及她的嫁妆,你不是成了真正的绅士了吗?你不像波利奇内拉先生,你不会像他那样不诚实……他生性奸诈;可是你,你只是出于需要……要不是我跟着你呀,说不定早就因顾虑重重而饿死了。啊!你以为,要是我认为你是另外一种人,会甘心让你去恋爱?……不可能的，我会让你去搞政治，那样的话，咱们手里的就不只是波利奇内拉先生的金钱，而是整个世界……不过，你没有野心，只希望简单的幸福。

莱安德鲁　你知道，你能看到我的幸福吗？像这样靠撒谎去骗取爱情和财富的，只能牺牲掉我的真爱，是得不到幸福的。然而，我是真的深爱着她的，我怎么能够撒谎呢？

克里斯平　那你最好就别撒谎。你就去爱吧，大胆地去爱。不过，你要特意保护自己的爱情。为了爱就必须要对某些事情绝口不提，因为这些会让你失去这份爱，这些不能算是撒谎。

莱安德鲁　这主意不错，克里斯平。

克里斯平　你应该先考虑清楚，你的爱是否真如你所想的那样。在恋爱问题上来不得半点马虎，必须事事精明。而精明的最高境界不在于欺骗别人，而在于欺骗自己。

莱安德鲁　我做不到这点，克里斯平，我绝不能欺骗自己。我不会出卖良心，更不会出卖理智。

克里斯平　所以我才说你天生不适合搞政治。我说得没错吧。理智能够分辨真伪，如果一个人在自己说过的谎话面前分辨不了真伪，你就会失去自己，因为这样一来，就将永远也不能再恢复本来面目，他自己也将变成一个谎言。

莱安德鲁　你还真有一套，从哪学的，克里斯平？

克里斯平　我在苦役船上的时候想了很多。当时，我的理智让我意识到并看透了一切，我其实一点都不狡诈，而是太笨了。如果我多点儿心计而不是那么笨，也许我早就在指挥那些船而不是划船当苦力了。所以，我发誓不再回去。就因为你，我可能无法实现这个誓言，所以，你要知道，现在我是任何事都敢干。

莱安德鲁　你在说些什么呀？

克里斯平　咱们的处境已经到了无法再继续的地步了。我们已经花掉了所有的信用，人们开始要求得到一点实在的好处。盛情款待咱们的客店老板，想要得到你的慷慨报答。潘塔隆先生，因为信任客店老板，才肯给我们提供所需，我们才能住进这栋豪华的房子……受到这种气势的迷惑，各类商人才毫不怀疑地给我们供应一切。堂娜赛丽娜因为你的恋爱，帮了那么大的忙……他们都希望得到你慷慨的报酬，对他们再继续要求有点太过了，对如此殷勤的人也不应有所抱怨……这个美丽的城市名字将像金子一样铭刻在我的心上，从现在起，我要把它当作我的第二故乡！此外……难道你忘了有人从别处来跟踪我们吗？你以为在曼图亚和佛罗伦萨干过的事会被人忘记吗？你还记得那起尽人皆知的博隆尼亚案件吧？……占了整整三千二百个卷宗啊，不算我们逃离时继续增加的那些！那位受理这一案件的非凡的法学博士的笔，什么案卷写不出来呀？什么事情都可能变成理由和依据呢！还有那些疑点呢？你居然要因为我展开的这场一日之间就可以决定咱们的命运的战斗而责备我？

莱安德鲁　我们还是赶紧逃吧！

克里斯平　绝对不行！我已经受够了亡命逃亡的日子了！今天就是决定咱们的命运的时候了……我让你得到了爱情，你可要救我的命才对。

莱安德鲁　可是到时候我们怎么脱身啊？我能做些什么事？快说。

克里斯平　你什么都不必做了。只等着接受别人给我们呈上吧！你不要忘了，我们已经搭建了一张利益关系网，拯救我们的就是大家的共同利益的需要。

第五场

(前场人物。堂娜赛丽娜从右边第二道幕走出，即过道)

莱安德鲁　是您来啦！堂娜赛丽娜？

堂娜赛丽娜　看我冒了多大的风险啊。爱说闲话的人有的是。我来到了一个年轻俊秀的绅士家里！……

克里斯平　要是有人敢对您的名誉不敬，我的主人能为您堵住他们的嘴巴。

堂娜赛丽娜　你的主人？我可信不过。男人都喜欢吹牛！但是，我还是会努力地要为您效劳。先生，昨晚有人要害您，是吗？今天到处都在议论这事儿呢……还有西尔维娅！可怜的孩子！她是多么爱您啊！我真不明白您是如何让她如此痴心地爱您！

克里斯平　只有我的主人知道，这一切都离不开您的帮忙。

堂娜赛丽娜　我不能自居功劳……尽管对他还不怎么了解，但还是说了许多我不该说的好话……我可为了您的爱情冒了很大风险。假如您食言……

克里斯平　您是在怀疑我主人的人品吗？别忘了您有他亲笔签名的凭据！……

堂娜赛丽娜　好一个亲笔签名！你以为我还不知道我们之间的底细啊？我知道该相信什么，也相信莱安德鲁先生会兑现自己的诺言。要是你们觉得今天我活该倒霉，如果我能得到他答应我的一半，我也能放弃另外一半……

克里斯平 您是说就在今天？

堂娜赛丽娜 今天是个多灾多难的日子！不多不少二十年，那时的今天我失去了第二个丈夫，也是第一个我这一生中唯一真正爱过的男人。

克里斯平 看上去这是对您第一个丈夫的赞扬。

堂娜赛丽娜 第一个丈夫是父亲找的。尽管我不爱，但我还是忠于他。

克里斯平 您心里总是清楚的吧，堂娜赛丽娜？

堂娜赛丽娜 还是不要提那些陈年往事了，回忆让人伤心。咱们还是谈谈希望吧。你们不知道西尔维娅要跟我一起来吗？

莱安德鲁 是到这儿来吗？

堂娜赛丽娜 你们怎么想？波利奇内拉先生会怎么说？全城的人都对他不满，非逼着他允许你们结婚！

莱安德鲁 绝对不行，可千万不要叫她来。

克里斯平 嘘！您知道的，我的主人总是口是心非。

堂娜赛丽娜 我知道了……要是让西尔维娅来到他身边，且永远不离开他，他还有什么豁不出去？

克里斯平 什么豁不出去？这您就不知道啦！

堂娜赛丽娜 因此我才问你。

克里斯平 哎呀，堂娜赛丽娜！……要是我的主人今天和西尔维娅结了连理，明天就会兑现对您许下的诺言了。

堂娜赛丽娜 那如果娶不到呢？

克里斯平 那么……您将一无所获。这下您知道该怎么做了吧。

莱安德鲁 闭嘴，克里斯平！够了！我不会把我的爱情当作生意看待。您快走吧，堂娜赛丽娜，叫西尔维娅回到她父亲那里去，千万别来这儿，赶紧把我忘了，我要逃到她永远也不可能再听到我的名字的地方去……我的名字！难道我也配有名字？

克里斯平　你能不能少说两句？

堂娜赛丽娜　他怎么啦？这说的是什么胡话啊！快清醒清醒！这样的好机会，怎么能这么轻易放掉！……这不仅是您一个人的事。您应该明白，有人把全部希望都赌在您的好运气上。我可不是一般的女人。我能不顾一切地帮你，你可不能愚弄我。您可千万不能发疯，您一定得娶西尔维娅，不然，会有人找您算这笔账的，莱安德鲁先生，别以为我是这个世上无依无靠的女人……

克里斯平　堂娜赛丽娜说得句句在理。但是您要知道，我的主人说出这样的话来，都是缘于您不信任他。

堂娜赛丽娜　不是我不相信他……原因有很多，我全都说了吧……波利奇内拉先生可不是那种轻易上当的人……你们昨天夜里搞鬼，怂恿人们来恨他……

克里斯平　您说我们搞鬼？

堂娜赛丽娜　算了吧！我们之间谁不知道谁呀。告诉你吧，剑客里面有我的一个亲戚，其他人跟我关系也很密切……说实话，波利奇内拉先生也没睡觉，人们都说，他已经把你们的情况告诉官方了，要让你们完蛋；还说今天从博隆尼亚转来了一个案卷……

克里斯平　和案卷一起，还带个该死的法官！他总共带来了三千九百个卷宗……

堂娜赛丽娜　说的一点都没错！你们现在明白了吧，时间太紧了，不要浪费了。

克里斯平　浪费时间的人可是您啊！快回去吧……告诉西尔维娅……

堂娜赛丽娜　西尔维娅在这儿。她跟科隆比纳一起，冒充我的贴身丫鬟，和我一起来的。现在正在客厅外面等着呢。我对她说，您受了重伤。

莱安德鲁　哦。上帝，我的西尔维娅。

堂娜赛丽娜　她只怕您会死，根本不会考虑到这儿来见您有什么危险。我够意思吧？

克里斯平　真令人佩服。快，赶快躺这儿，假装疼痛不堪、昏迷不醒。必须得这样，我知道你在想什么。（一边威胁一边把他推到安乐椅上。）

莱安德鲁　好，听你们的。我知道……明白……可是西尔维娅却受了蒙蔽。对，我想见她。让她进来，不管你们怎么看，不管他人怎么看，不管她怎么想，我一定要救她。

克里斯平　你们一定注意，我的主人心里没有这么想。

堂娜赛丽娜　我看他不至于那么蠢、那么没脑子。跟我来。（和克里斯平从右边第二道幕退出，即过道。）

第六场

（莱安德鲁、西尔维娅从右边第二道幕走出）

莱安德鲁　西尔维娅！西尔维娅！

西尔维娅　你不是受伤了吗？

莱安德鲁　没，你不是看见了嘛……那是一个骗局，是为了把你骗到这儿来。但是你不要害怕，你父亲很快就来了，你就跟他走吧，也不必责怪我……唉！只是对爱情的幻想搅乱了你心灵的安宁，权当这是一场噩梦吧。

西尔维娅　莱安德鲁，你在说什么？你一直是在骗我吗？

莱安德鲁　我爱你是真的……所以我才不能骗你！快离开这儿吧，除了和你一起的人外，别让其他人知道你来过。

西尔维娅　你怕什么啊？我在你这不是很安全吗？我可是毫不犹豫地就来了……在你身边，我能有什么危险？

莱安德鲁　没有什么危险，你说得对。你太天真，我会保护你的。

西尔维娅　我父亲干出了那么可怕的事，我再也不想回去了。

莱安德鲁　不要这样，西尔维娅，别怪你父亲。不是他。这是另一个骗局、另一个谎言……你离开我吧，把我忘掉，我只不过是个无名无姓的亡命之徒，官府正在通缉。

西尔维娅　不可能，这不是真的！倒是我父亲的行为让我觉得我不配得到你的爱。就是这么回事。我明白了……我的命可真苦啊！

莱安德鲁　西尔维娅！我的西尔维娅啊！你的善良温柔是多么残酷啊！那来自你不知邪恶、不解世事的心灵深处对我的信任是多么的残酷啊！

第七场

（前场人物。克里斯平从右边第二道幕跑出）

克里斯平　先生！该死的波利奇内拉先生来啦。

西尔维娅　我父亲来了！

莱安德鲁　没关系！我要亲手把你交给他。

克里斯平 可是你要知道，不是他一个人。而是好多人啊，还有法官先生。

莱安德鲁 啊！要是他们看见你在我身边！肯定是你通风报信的……不过，你枉费心机。

克里斯平 我？不是我，真的不是我……这回事可真闹大了，没有人能救得了我们。

莱安德鲁 救我们，想都不要想！……但是一定要救她。你赶紧躲起来。你待在这儿。

西尔维娅 可是你怎么办呢？

莱安德鲁 不要担心我。快躲起来，他们来啦！（把西尔维娅藏入里面。对克里斯平。）去看看他们来干什么。当心，在我回来之前，不许任何人到里边去……无路可逃了。（朝窗户走去。）

克里斯平 （拦阻他。）慢着！先生！这么死不值！

莱安德鲁 不用担心，我不想自杀，也不会逃跑，只是救她。（从窗口向上爬去，消失不见了。）

克里斯平 先生，先生！还好！我想他会跳楼，但是朝上爬……耐心等等吧……他还想飞……的确，蓝天是他的领域。而我，却要留在地上，尤其是现在，还要站稳脚跟。（十分安静地坐在椅子上。）

第八场

（克里斯平、波利奇内拉先生、客店老板、潘塔隆先生、上尉、阿尔莱金、法官、文书和两名手持案卷的法警同时从右边第二道幕走出，即从过道走出来）

波利奇内拉 （在幕后，对假设中留在外面的人。）你们守好门，不论
　　男女还是猫狗，一律不许放走！

客店老板　他们去哪儿了，去哪儿了，这两个强盗凶手！

潘塔隆　上帝哪！我的钱！我的钱啊！（众人依次出场，法官和文书
　　走到桌子旁边，准备记录。两名法警抱着案卷站在一边。）

上尉　克里斯平，这一切都是真的吗？

阿尔莱金　都是真的吗？

潘塔隆　上帝啊！我的被骗的钱啊！

客店老板　把他们抓起来……看紧点！

潘塔隆　看他们往哪儿跑……跑不掉了！

克里斯平　这是干什么？你们怎么能这样随便闯入贵绅住宅？幸好
　　我的主人不在！

潘塔隆　闭嘴，闭嘴，你是帮凶，你也逃不掉。

客店老板　是的，和他口口声声说的主人一样，也是个凶犯……骗
　　我的就是他。

上尉　这该怎么解释，克里斯平？

阿尔莱金　这些人说的是不是真的？

波利奇内拉　事到如今，你还有什么好说的，克里斯平？你以为你
　　的花招对我有用？是我想害死你的主人？我是老吝啬鬼，就不
　　顾自己女儿的死活了？全城人都一起诅咒我？咱们就走着瞧。

潘塔隆　好啦，波利奇内拉先生，这是我们自己的事，而事实上您
　　没受任何损失啊。而我……我却把自己所有的积蓄都借给了他
　　们，而且没有要任何抵押！可我的后半辈子可怎么办哪？

客店老板　还有我！你们说，我把他们当成贵人，为了给他们符合

身份的招待，不仅用尽了我的所有积蓄，而且还去典当。这下子我可真的倾家荡产啦！

上尉　我们也上了这两个混蛋的当！我居然拿着剑，怀着大无畏精神去效忠一个骗子，这让人们怎么说我？

阿尔莱金　我也是把他当成贵族绅士，那么殷勤地给他献诗。

波利奇内拉　哈哈哈！

潘塔隆　笑吧，您就大声笑吧！……反正您是没受任何损失……

客店老板　什么也没被骗……

潘塔隆　快，快抓住他！那个凶犯在哪儿？

客店老板　仔细搜，一定要把他搜出来。

克里斯平　慢着。要是你们胆敢向前迈出一步……（拿着剑威胁。）

潘塔隆　到这时候了还敢吓人？真是让人难以忍受！我的上帝啊！

客店老板　要重重惩罚他们！

法官　先生们……你们要听我的，不然咱们将一无所获。任何人不得自己动手。法律不是施暴，也不是复仇，而且"罚之过当，其害无穷"。法律是智慧，智慧是秩序，秩序是理性，理性是程序，程序是逻辑。巴尔瓦拉·塞拉雷、达里奥、费里奥克、巴拉利普东，请把你们的控告申诉递给我，我要把这一切全都写进案卷中去。

克里斯平　真可恶！还要继续增加！

法官　这两个人已有许多罪状记录在案了，现在你们的指控也将记录在后面。我要把这些罪状收集全了，只有这样，你们才能感到满意，我们才能为你们伸张正义。文书先生，原告人说什么，你都记录下来。

潘塔隆　不用这么麻烦，我们知道所谓的法律是怎么回事。

客店老板　什么都不用写，搞不好最后还是非不分了……我们收不回钱，他们也得不到惩罚。

潘塔隆　就是，就是……我的钱，我的钱重要！之后再谈狗屁法律！

法官　没有教养的家伙，愚蠢无知，还未得到开化！你们知道什么是法律吗？不能只想着你们受害，还得弄清楚是不是蓄意谋害，换句话说，要分清楚是坑蒙还是预谋，这有着很大的区别……尽管人们总是把这两者混为一谈。请记住……在某些情况下……

潘塔隆　说够了！这么说下去，倒是我们这些人成了罪人。

法官　你们这是否定事实真相，这怎么允许呢！……

客店老板　真相再也清楚不过了！我们的钱财被这个骗子骗了。你还要什么真相，什么罪证？

法官　你们要明白，骗不等于偷，也不等于坑害或预谋，我已经说过了。从《十二铜表法》①到查士丁尼②、特里波尼安③、埃米利安④、特里贝里安……

潘塔隆　总之，我们的钱没有了……谁也没有权利阻止我们不去关心这个。

波利奇内拉　法官先生说得句句在理。我们要相信他，把一切记录在案。

法官　文书先生，赶快记录。

---

① 《十二铜表法》：古罗马时期编纂最早的法典。一般认为是公元前451—前450年制定的。这部法典是应平民的要求，由一个十人为单位的小组草拟的一部法典。公元前450年这部法典在广场上公布于众，它承认贵族阶级和家长制家庭的特权，使还不起债当奴隶在法律上合法，还在宗教习惯上可以干预民事案件等。罗马人把《十二铜表法》奉为法律的源头。
② 查士丁尼（483—565年）：拜占庭皇帝。
③ 特里波尼安（？—545年）：拜占庭帝国在法律上承认的权威和官员。
④ 埃米利安（？—253年）：罗马皇帝。

克里斯平　那么你们能不能听我说几句？

潘塔隆　不，不要！闭住你的臭嘴，无赖骗子……闭住你的嘴，道德败坏的东西……

客店老板　去了你们该去的地方，还怕没有讲话的机会。

法官　到他讲话的时候，他有权利讲的。法律规定，要听各方的陈述……记下来，记下来。在某某城……某年某月……不过，首先似乎应该登记一下这间屋子里的资产……

克里斯平　请您一定要仔细，不能漏掉……

法官　接着是原告交保证金，防止对他们的诚意发生怀疑。交两千埃斯库多就够了，外加用他们的产业担保……

潘塔隆　什么？是我们要交两千埃斯库多？

法官　本来应该是八千，鉴于诸位都是有身份名望的人，只是意思一下，我一直是一个尊重别人的人……

客店老板　好了，不要记啦，还是到此为止吧！

法官　什么？你们就这么无视法律呀？这是对执法人员的粗暴无礼，另立一案。

潘塔隆　他会毁了我们的！

客店老板　他简直疯了！

法官　你们在这说"家伙""疯了"？放尊重点儿。记，记下来：还恶言辱骂……

克里斯平　看，你们不听我的，活该。

潘塔隆　好好好，你说，看样子，你会有个好下场。

克里斯平　就让那家伙休息一下吧，不然他会写出山一样的案卷来。

潘塔隆　行行行！您休息吧！

客店老板 还是放下您的笔吧……

法官 任何人都没有权利动手。

克里斯平 上尉先生，请用一下您的剑，剑也是法律的代表。

上尉 （走到桌边，用剑在书写的案卷上用力拍了一下。）这位兄弟，还是别再写了。

法官 提出要求总得合情合理呀！不要闹，有个问题必须先说清楚……你们诉讼双方先互相谈谈……趁这个时间，我们登记登记资产……

潘塔隆 不，不！

法官 这是法律规定的程序，不能省略。

克里斯平 等到需要的时候，再登记吧。现在，请允许我和这些绅士们单独谈谈。

法官 要是有必要，把您对他们说的话记录在案……

克里斯平 一点儿都没有必要。半个字都不许记，否则你想让我说我也不说啦。

上尉 还是让他讲吧。

克里斯平 叫我如何跟你们说呢？你们抱怨什么？钱财损失？你们想要什么？收回失去的钱？

潘塔隆 是，就是我的钱！

客店老板 是我们的钱！

克里斯平 那就请仔细听我说……你们这样败坏我主人的名誉，使他娶不成波利奇内拉先生的女儿，怎么可能收回你们的钱呢？我早说过，宁愿跟无赖打交道也不和傻瓜打交道！看看你们干的好事，还叫来了官府，现在想把我们怎么样？把我们送到苦役船上或别的可怕的地方，你们又能得到什么？难道是把我们撕成条当钱花？我们完了，难道你们就能发财，高尚，伟大？刚好相反，要不是你们刚好这个时候坏了我们的事，今天，就是今天，你们不仅可以收回钱，而且连利息都分文不少……要不是有了官府的插手，仅有这些利息，就足以让你们偷着笑了……我把利害已经讲得很清楚，随你们，想怎么样就怎么样……

法官 他们谈不下去了……

上尉 我一直觉得他们没有那么坏。

波利奇内拉 我知道这个克里斯平……很有可能把他们说动心了……

潘塔隆 （对客店老板。）那你对这有什么想法？好好想想……

客店老板 你说说你的想法吧？

潘塔隆 你说你的主人今天本来能娶到波利奇内拉先生的女儿。可他要是不答应呢？

克里斯平 不答应也得答应。因为他的女儿已经跟我的主人私奔了……马上就会人尽皆知……他比任何人都不能容忍让人说他的女儿跟一个逃犯私奔。

潘塔隆 那事情都这样了……你说我们该怎么办？

客店老板 咱们不能心软。那个坏蛋什么谎话都能编出来。

潘塔隆 对。我也不知道我怎么会相信他。惩罚他，惩罚他！

克里斯平 这样的话，你们就等着吃大亏吧！

潘塔隆 我们还得再想想……波利奇内拉先生，您的意见呢？

波利奇内拉 你们要我怎么说呢？

潘塔隆 如果我们没有理由告发，如果莱安德鲁先生真是个品格高尚的绅士……不可能干出见不得人的勾当……

波利奇内拉 什么？

潘塔隆 如果您的女儿痴心爱他，以至于跟他私奔。

波利奇内拉 我的女儿怎么会跟那家伙私奔？谁说的？哪个不要脸的？……

潘塔隆 先生息怒。仅仅是个假设而已。

波利奇内拉 假设也不许说。

潘塔隆 不要生气。如果这一切都是真的，您同意让女儿嫁给他吗？

波利奇内拉 嫁给他？我宁可杀了她！不过，你们这么想也太荒唐了。我还没有糊涂，你们只是想牺牲我来收回你们的钱，你们同样也是一帮无耻之徒。想得美，没门……

潘塔隆 看您说的，既然您也是当事人，就不要说什么无耻不无耻。

客店老板 就是嘛！

波利奇内拉 无耻，混蛋，想合起来对付我，没门儿，没门儿！

法官 不要担心，波利奇内拉先生。即使他们动摇了控告他的决心，这已有的案卷就白记录了？您以为那里记录的可以一笔勾销吗？您要知道，那里可记载着赃证确凿的五十二宗罪行呢，而且还有好多有待取证。

潘塔隆 现在你还有什么要说的，克里斯平？

克里斯平 即使再多的罪行，也都跟眼前这些差不多而已……根本还不了债，因为我们根本没有钱。

法官 这可不成！我该得的钱，一分都不能少。

克里斯平 那就找这些告状的人要吧，我们只有两条命而已。

法官 诉讼费是神圣不可侵犯的,要不然就用这屋子里的东西来代替。

潘塔隆 什么? 我们还想靠这些东西得到一点补偿呢。

客店老板 是,要不然……

法官 记下来,记下来,大家各执一词,我们听不出谁更有理由了。

潘塔隆、客店老板 不要记! 不能记!

克里斯平 请听我说,法官先生。如果什么也不记,而是一次付清
您的……叫什么? 酬金吧?

法官 诉讼费。

克里斯平 不管怎么个叫法。您看怎么样?

法官 这个可以考虑……

克里斯平 这么说吧,要是波利奇内拉先生今天愿意把女儿嫁给我
的主人,他今天就可以变得有钱有势。想想看,她是波利奇内
拉先生的独生女儿,这样我的主人肯定会继承他的所有财产,
要知道……

法官 可以,可以考虑。

潘塔隆 法官先生,他跟您说了什么?

客店老板 你会怎么判?

法官 让我再想想。这小伙子挺聪明,看来对法律程序也不是一无
所知。考虑到你们所受的损害都是金钱,而且,在哪儿受到损
害就该在哪儿予以补偿,就是最公正的惩罚;考虑到早在古代
蛮荒时的同态复仇法①中规定的"以眼还眼,以牙还牙",而不
是"以眼还牙,以牙还眼"……对这件事情,那就应该以钱还钱。

①同态复仇法是巴比伦早期法律发展的一个重要原则,即罪犯会受到和他施加给
受害人完全相同的伤害或损伤,作为一种惩罚措施。

归根到底，他没有害命，所以不必要偿命。他也没有毁坏你们的人身和声誉，所以要给他同样的惩罚。对等就是最大的公平，正如拉丁文所说"Equitasjustitiamagnaest"。从《法学汇编》^①到特里波尼安和埃米利安，特里波尼安……

潘塔隆　不用再废话了。我们只要我们的钱……

客店老板　如果他给我们钱……

波利奇内拉　都是混蛋，胡说八道，给什么钱，想到哪儿去了！

克里斯平　关键是你们都想救我的主人，为了你们每一个人的利益而救我们。诸位，为了你们的金钱不受损失；法官先生，为了不失去您为自己那一大堆渊博学识明码标出的诉讼费；上尉先生，每个人都看见您与我的主人为伍，为了您的利益着想，为了不让人说您同亡命之徒有交情；阿尔莱金先生，人们如果知道了您诗兴泛滥，您的诗文就将会贬值；还有您，波利奇内拉先生……我的老朋友，因为您的女儿已经成了上帝和世人所公认的莱安德鲁先生的妻子。

波利奇内拉　纯粹是胡说！放肆，厚颜无耻！

克里斯平　那么，还是开始登记这间屋子的财产吧！记吧，记吧，这几位先生都能作为证人。先从这间屋子开始。（拉开舞台深处的门帘，西尔维娅、莱安德鲁、堂娜赛丽娜、科隆比纳和波利奇内拉太太一起出现。）

---

①530年，拜占庭皇帝查士丁尼命法学家特里波尼安编纂的一部法典，全卷总共为五十卷。553年《法学汇编》出版，才具有法律效力。

第九场

（前场人物。西尔维娅、莱安德鲁、堂娜赛丽娜、科隆比纳和波利奇内拉太太在舞台里面出现）

潘塔隆、客店老板　竟然是西尔维娅！

上尉、阿尔莱金　他们两人竟然在一起！

波利奇内拉　竟然是真的？他们竟然联合起来对付我！连我的老婆
　　和女儿也和他们是一伙的！他们串通一气来害我！抓住那家伙，
　　抓住那些女人，抓住那个骗子，不然我就……

潘塔隆　波利奇内拉先生，您真是要疯啦？

莱安德鲁　（在众人陪同下走到舞台前部。）是您的女儿以为我受了重
　　伤，才由堂娜赛丽娜陪着来到这儿，我现在就去找您太太来陪她，
　　西尔维娅最清楚我是什么样的人，知道我贫穷、奸诈、卑贱的
　　过去，我相信，爱的幻梦已在她的心底彻底破灭了……您带走
　　她吧，带走吧，求求您了，然后我就去投案自首。

波利奇内拉　怎么教训女儿是我的事，但是，你……快把他抓起来！

西尔维娅　爸爸！如果您不救他，我也就不活了。我爱他，永远爱他，
　　比以往任何时候都要爱他。他是一个心灵高尚的人，只可惜遭
　　遇了不幸；他本可以骗我的，但却对我讲了实话。

波利奇内拉　闭嘴，给我闭嘴，疯丫头，不知羞耻！都是被你妈教
　　的……像她一样爱慕虚荣，热衷幻想。你这是给浪漫小说害了，
　　给月下的音乐害了。

波利奇内拉太太　只要我的女儿不嫁给你这样的人，要我怎么样都行；
　　否则她会像我一样不幸。你的钱财能有什么用？

堂娜赛丽娜　说得太好了,波利奇内拉太太。有钱无爱,能管什么用?

科隆比纳　有爱没钱也没用啊。

法官　波利奇内拉先生,我建议还是让他们结婚吧。

潘塔隆　全城的人都将会知道这事儿的。

客店老板　所有的人同情的是他们,不是您。

上尉　我们可不允许您虐待您女儿。

法官　赶快记录下来,把在这儿发现这姑娘和她的情人在一起的事实,都记入案卷。

克里斯平　我的主人虽然贫穷,但品性比任何人都要高尚……您的外孙,只要不像外公……肯定每个人都会成为彬彬有礼的绅士……

众人　让他们结婚,让他们结婚!

潘塔隆　否则,我们绝不允许。

客店老板　不然我把您的老底儿全都抖出来……

阿尔莱金　您一点好处都得不到……

堂娜赛丽娜　作为一个有身份的女人,我被这鲜有的痴情所感动,也向您求情。

科隆比纳　简直就像小说中的情节。

众人　让他们结婚,让他们结婚!

波利奇内拉　结就结,但他们不会幸福的!我不会给女儿置办嫁妆,也不得继承……我宁愿倾家荡产,也不会让那个混蛋……

法官　波利奇内拉先生,这可不允许。

潘塔隆　您简直是胡说呀!

客店老板　简直是榆木脑袋!

阿尔莱金 这算个什么事儿？

上尉 我们都不会答应的。

西尔维娅 不，爸爸，我什么都不要，我只要跟他在一起。这才能说明我真爱他。

莱安德鲁 只有这样，我才有尊严接受你的爱……（众人跑向西尔维娅和莱安德鲁。）

法官 他们在说什么？真是疯了吗？

潘塔隆 绝不答应！

客店老板 你们必须要！

阿尔莱金 这样你们才幸福而富足。

波利奇内拉太太 让我女儿受穷！太狠心了！

堂娜赛丽娜 爱情是个娇嫩的婴儿，不能受一点风寒饥寒。

法官 这可不行！波利奇内拉先生是有头有脸的人，又是慈爱的父亲，必须当场签署厚赠的凭据。记下来，记下来，文书先生，这个任何人不能反对。

众人 （除了波利奇内拉。）记下来，记下来！

法官 你俩，年轻的情侣……你们也必须接受这份财产，过分猜忌，谁都没法忍受。

潘塔隆 （对克里斯平。）欠我们的钱，总该还吧？

克里斯平 这还有疑问？但是，你们必须声明，莱安德鲁先生从未欺骗过你们……你们看看，为了满足你们的贪欲，他却要违心地接受那笔馈赠。

潘塔隆 我们一直尊他是个品格高尚的绅士。

客店老板 一直。

阿尔莱金　人人都这么认为。

上尉　永远这么值得。

克里斯平　法官先生，在这个世界上是否有足够的泥土将那个案卷埋掉？

法官　我早就准备好了。只要改一些句子的标点……您看，原来说……"如果是不承认……"只要加个逗号，就变成了"如果是，不承认……"

　　还有这儿，"如果不，应该判其……"就变成"如果不应该判其……"

克里斯平　啊，神奇的逗号！奇特的逗号！天理的智慧！法律的权威！裁判的谬误！

法官　现在，我对你主人的高尚品德坚信不疑。

克里斯平　不要担心。您比任何人都清楚钱怎样去改变一个人。

文书　那些逗号都是经过我的手来去掉或加上的……

克里斯平　没有给你更大的酬金之前……先拿着这根金链条吧。

文书　这可合乎法律规定的成色？

克里斯平　您看看就知道了，因为您最懂得法律规定……

波利奇内拉　我现在只有一个条件：那就是永远不能再让这个无赖在你身边当差。

克里斯平　不用您说，波利奇内拉先生。您以为我像我的主人一样吗？我是一个胸无大志的人吗？

莱安德鲁　你要离开我吗，克里斯平？那我可太伤心了。

克里斯平　不必伤心，我对您已经没有价值了，离开我，您也就不再是原来的您了……我曾对您说了什么，我的主人？大家会来救我们的……请相信这一点。为了达到目的而收买人心，还不如制造利害关系……

莱安德鲁 你错了，如果不是西尔维娅的爱，就根本不可能有这样
的结果。

克里斯平 但是那爱，难道不是小小的利害？我在做事儿的时候，
总要把它计算在内，而且还一直受到它的帮助。演到这里，全
剧告终。

西尔维娅 （对观众。）在这部戏里，就如同在人生舞台上，你们都看
到了，这些玩偶恰如世人，都由绳子贯穿牵引，这根绳子就是
生活当中的利害、情爱、诡计和地位等各种因素：一拉双脚，
人们就得跌跌撞撞前行；一拉胳膊，人们就得辛辛苦苦劳作、
心怀愤怒抵抗、偷偷摸摸行窃、豁出性命搏斗。然而，有时候
在那些绳子上，会有一根仿佛是用太阳和月亮的光线做成的细
线突然从天而降，牵到人的心弦，人们把这命名为爱情之线。
这爱情的细线，居然能让世人，如同那些具有人的特征的玩偶
变得神圣纯洁，使我们的额头上绽放出了黎明的光彩，我们的
心灵生发腾飞的翅膀，它告诉我们：舞台上表演的不仅全是戏，
在我们的生活中，总会留存一些真诚和美好的事物，即使演出
已经结束，它也永不消失。

〔幕落〕

——剧终

附录一 贝纳文特年表

1866 年　8 月 12 日生于马德里，父亲是位儿科名医，他有两个哥哥，大哥是位律师，二哥继承父业。

1879 年　在圣约瑟学校读中学。

1882 年　进入马德里中央大学，主修法律。但他对法律兴趣不大，反而爱上了戏剧，常拿硬纸壳作舞台，自制舞台傀儡剧给朋友们看。

1890 年　与英国秋千艺术家歌丽汀有过一段短暂的恋情。

$\dfrac{1892}{1893}$ 年　创作了诗集《女人的信》、作品选集《奇妙的剧院》。

1894 年　他的《借巢而居》创作完成，导演艾米力·马瑞欧勉强同意上演，10 月 16 日在马德里首演。

1896 年　完成表达现代生活场景的四幕剧《上流社会》。10 月 21 日在马德里首演。

1897 年　完成《塔丽耶丝的丈夫》，2 月 13 日在拉拉剧院上演；

完成为卡门·可贝尼亚小姐所写的独白剧《在恢复期》，
2月27日在马德里首演。

完成改编自莫里哀的五幕剧《唐璜》，10月31日在公
主剧院演出。

完成二幕剧《流浪戏团》，11月30日在拉拉剧院上演。

1898年　完成三幕一场的喜剧《野兽之宴》，11月7日在喜剧
剧院上演。

完成写实独幕剧《女权剧》，12月28日在喜剧剧院上演。

完成《受煎熬之地》。

1899年　完成译自莎士比亚的三幕加序幕幻想喜剧《爱的苦恼》，
3月11日在喜剧剧院上演。

完成独幕喜剧《外科手术》，5月4日在拉拉剧院上演。

完成独幕喜剧《残酷的离别》，12月7日在拉拉剧院首演。

1900年　完成四幕喜剧《安哥拉的牝猫》，3月31日在喜剧剧
院上演。

完成一幕四景喜剧《参观旅行》，4月6日在耶斯拉瓦
剧院首演。

1901年　完成独幕悲剧《创伤》，7月15日在巴拉雪拉那剧院首演。

完成独幕闹剧《流行》，1月15日在拉拉剧院首演。

完成三幕喜剧《悄悄话》，1月19日在喜剧剧院首演。

完成独幕喜剧《未曾爱过》，3月3日在喜剧剧院上演。

完成三幕悲剧《牺牲》，7月19日在罗贝罗蒂斯剧院首演。

完成三幕喜剧《省长夫人》，10月8日在喜剧剧院首演。

完成三幕喜剧《堂弟罗门》，11月12日在中央剧院首演。

1906 年　随同马那布剧团到拉丁美洲演出，获得成功。

1907 年　完成《利害关系》。

1908 年　完成《女主人》，在公主剧院上演。

1912 年　完成三幕剧《火龙》。被西班牙皇家语言学院授予比规耳奖。

1913 年　完成三幕剧《野兽的进餐》《不该爱的女人》
完成《周末之夜》。

1915 年　完成《公主贝贝》。

1916 年　完成《愉快的小镇》。

1919 年　出演了《无耻的人们》，改编自卡尔多斯的小说。

1922 年　母亲去世。以劳拉·曼伯里费斯剧团的艺术指导的名义，前往南美巡演旅游。获诺贝尔文学奖。

1923 年　3 月，哥伦比亚大学西班牙协会为他举办欢迎会，并成为纽约荣誉市民。

1924 年　《怀疑的美德》在费达尔巴剧院首演。
在阿耳方索八世面前被命名为"马德里的爱子"，授予大十字章。

1928 年　《天堂和禁坛》在埃斯克拉瓦剧院上演，暗含反政府革命倾句。

1931 年　第一次受到共和党的攻击。
在马德里《ABC》杂志上发表文章，再次表明他对西班牙统一的信心。
从那以后，所有剧本在西班牙均遭禁演。

1935 年　在马拉加剧院对共和党的理想进行了强烈的批判。西班牙内战爆发后，立即被逮捕。

1936年　佛朗哥将军胜利,被任命为"中央剧院评议会"附属"剧
　　　　院委员会"会长。

1954年　7月14日，在马德里家中逝世，享年八十八岁。

附录二　诺贝尔文学奖大系书目

1901 年　　　苏利·普吕多姆（法国）《孤独与沉思》

1902 年　　　特奥多尔·蒙森（德国）《罗马史》

1903 年　　　比昂斯滕·比昂松（挪威）《挑战的手套》

1904 年　　　何塞·埃切加赖（西班牙）《伟大的牵线人》

1904 年　　　弗雷德里克·米斯特拉尔（法国）《米赫尔》

1905 年　　　亨利克·显克微支（波兰）《你往何处去》

1906 年　　　乔苏埃·卡尔杜齐（意大利）《青春的诗》

1907 年　　　拉迪亚德·吉卜林（英国）《丛林故事》

1908 年　　　鲁道夫·奥伊肯（德国）《人生的意义与价值》

1909 年　　　拉格洛夫（瑞典）《尼尔斯骑鹅旅行记》

1910 年　　　保尔·海泽（德国）《骄傲的姑娘》

1911 年　　　梅特林克（比利时）《青鸟》

1912 年　　　霍普特曼（德国）《织工》

1913 年　　　泰戈尔（印度）《新月集·飞鸟集》

1915 年　　　罗曼·罗兰（法国）《约翰·克利斯朵夫》

1916 年　　　海顿斯坦姆（瑞典）《查理国王的人马》

1917 年　　　彭托皮丹（丹麦）《天国》

1917 年　　　耶勒鲁普（丹麦）《明娜》

1919 年　　　卡尔·施皮特勒（瑞士）《伊玛果》

1920 年　　　汉姆生（挪威）《大地的成长》

1921 年　　　法朗士（法国）《泰绮思》

1922 年　　　贝纳文特（西班牙）《不该爱的女人》

1923 年	叶芝（爱尔兰）《当你老了》
1924 年	莱蒙特（波兰）《农夫》
1925 年	萧伯纳（爱尔兰）《圣女贞德》
1926 年	黛莱达（意大利）《邪恶之路》
1927 年	亨利·柏格森（法国）《创造进化论》
1928 年	温塞特（挪威）《新娘·女主人·十字架》
1929 年	托马斯·曼（德国）《布登勃洛克一家》
1930 年	辛克莱·刘易斯（美国）《巴比特》
1931 年	埃里克·卡尔费尔德（瑞典）《荒原与爱情》
1932 年	约翰·高尔斯华绥（英国）《福尔赛世家》
1933 年	伊凡·亚历克塞维奇·蒲宁（俄罗斯）《阿尔谢尼耶夫的一生》
1934 年	路易吉·皮兰德娄（意大利）《六个寻找剧作家的角色》
1936 年	尤金·奥尼尔（美国）《进入黑夜的漫长旅程》
1937 年	马丁·杜·加尔（法国）《蒂博一家》
1944 年	约翰内斯·延森（丹麦）《希默兰的故事》
1945 年	加夫列拉·米斯特拉尔（智利）《葡萄压榨机》
1946 年	赫尔曼·黑塞（瑞士）《荒原狼》
1947 年	安德烈·纪德（法国）《窄门》
1949 年	威廉·福克纳（美国）《喧哗与骚动》
1954 年	海明威（美国）《永别了，武器》
1956 年	希梅内斯（西班牙）《小毛驴与我》
1957 年	加缪（法国）《局外人》
1958 年	帕斯捷尔纳克（苏联）《日瓦戈医生》

图书在版编目(CIP)数据

不该爱的女人/(西)贝纳文特著;张彩霞译. 一福州:海峡
文艺出版社,2017.8(2023.9 重印)
(诺贝尔文学奖大系)
ISBN 978-7-5550-1173-6

Ⅰ.①不… Ⅱ.①贝…②张… Ⅲ.①话剧剧本—作品集
—西班牙—现代 Ⅳ.①I551.35

中国版本图书馆 CIP 数据核字(2017)第 144502 号

诺贝尔文学奖大系

不该爱的女人

[西班牙]贝纳文特 著 张彩霞 译		
责任编辑	莫 茜	
出版发行	海峡文艺出版社	
经 销	福建新华发行(集团)有限责任公司	
社 址	福州市东水路 76 号 14 层	
发 行 部	0591—87536797	
印 刷	福州俊丰彩印有限公司	
地 址	福州市晋安区鼓山镇鼓一村福光路 189 号	
开 本	889 毫米×1194 毫米 1/32	
字 数	108 千字	
印 张	5	
版 次	2017 年 8 月第 1 版	
印 次	2023 年 9 月第 3 次印刷	
书 号	ISBN 978-7-5550-1173-6	
定 价	30.00 元	